智慧少年

好故事
伴成长

杜保东 ○ 主编

培养学生
好习惯的50个成长故事

天津出版传媒集团

天津科学技术出版社

图书在版编目（CIP）数据

好故事伴成长培养学生好习惯的50个成长故事／杜保东主编. — 天津：天津科学技术出版社，2012.1（2021.6重印）
（智慧少年书系）
ISBN 978-7-5308-6734-1

Ⅰ.①好… Ⅱ.①杜… Ⅲ.①故事—作品集—世界
Ⅳ.①I14

中国版本图书馆CIP数据核字（2011）第271031号

智慧少年书系——好故事伴成长培养学生好习惯的50个成长故事
ZHIHUI SHAONIAN SHUXI——HAO GUSHI BAN CHENGZHANG PEIYANG XUESHENG HAO XIGUAN DE 50 GE CHENGZHANG GUSHI

责任编辑：杜宇琪

责任印制：刘　彤

出　　版：	天津出版传媒集团
	天津科学技术出版社
地　　址：	天津市西康路35号
邮　　编：	300051
电　　话：	（022）23332399
网　　址：	www.tjkjcbs.com.cn
发　　行：	新华书店经销
印　　刷：	永清县晔盛亚胶印有限公司

开本 690×940　1/16　印张 10　字数 200 000
2021年6月第1版第5次印刷
定价：35.00元

前言

　　从出生的那天起，我们就在不断成长。成长不是单纯的快乐，更不是无限的悲伤，而是无数的经历和感受积累的过程。成长的驿站，是一个个成功和挫折连接起来的。当你怀揣着梦想，到达或成功或失败的驿站时，你有没有想过，是什么把你带到了这里？是智商或运气吗？不，不单单凭借这些，更重要的是性格和习惯。

　　"习惯改变人生"，习惯不是与生俱来的，而是一个人从小逐渐养成的。好习惯使人走向成功，坏习惯却使人一步步偏离成功。坏习惯一旦养成就很难改变，所以，我们要从小培养和坚持好习惯。

　　童年是人生中最美丽的时光，也是培养受用一生的好习惯的黄金时期。我们精心挑选了50个成长故事，编成《好故事伴成长培养学生好习惯的50个成长故事》。此书以培养学生好习惯为出发点，每篇都用精辟简练的语言总结出了其中的精华。主题故事的前面，还配有一幅多格漫画，它表现的是与主题故事含义相同的另一个故事，目的在于从多个角度表达主题含义，使读者理解得更深刻。

　　此书最独特的一点，是编者在点出故事寓意的同时还有一个做一做栏目。它围绕故事的主题，告诉读者在实际生活和学习中，具体该做些什么，应该怎样做，有什么是需要改正的，有什么是应该发扬的。

　　愿这本书能够成为孩子成长中的良师益友，陪伴孩子健康快乐成长。

编者

目 录

1 毛聚保护后母
　　——培养孝敬父母的习惯　　1
2 父亲的遗愿
　　——培养勤奋的习惯　　4
3 先把鹅卵石放进瓶子
　　——培养分清事情轻重的习惯　　7
4 一句夸奖的话
　　——培养赞赏他人的习惯　　10
5 油灯的光芒
　　——培养向他人请教的习惯　　13
6 毛驴和白马
　　——培养不嘲笑他人缺点的习惯　　16
7 你不会念拉丁文
　　——培养谦虚的习惯　　19
8 挪开石头的人
　　——培养为他人着想的习惯　　22
9 一分钟的自白
　　——培养珍惜时间的习惯　　25
10 达·芬奇画蛋
　　——培养打好基础的习惯　　28
11 一封电子邮件
　　——培养节俭的习惯　　31
12 小男孩的梦想
　　——培养自信的习惯　　34
13 第一百个顾客
　　——培养做好事不张扬的习惯　　37
14 麦粒和挫折
　　——培养从容面对风雨的习惯　　40

15	程门立雪	
	——培养尊敬老师的习惯	43
16	电梯里的微笑	
	——培养微笑的习惯	46
17	独木桥上的山羊	
	——培养谦让的习惯	49
18	捡起鸡毛	
	——培养不说他人坏话的习惯	52
19	雷雨和强盗	
	——培养积极心态的习惯	55
20	打翻的牛奶	
	——培养吸取教训的习惯	58
21	总统的签名	
	——培养宽容的习惯	61
22	朋友与苹果	
	——培养信任朋友的习惯	64
23	健康不怕传染	
	——培养坚持原则的习惯	67
24	母亲的珠宝	
	——培养珍视亲情的习惯	70
25	我的未来不是梦	
	——培养追求梦想的习惯	73
26	授人以渔	
	——培养与他人分享的习惯	76
27	美妙的声音	
	——培养克服困难的习惯	79
28	真挚的友情	
	——培养珍惜友谊的习惯	82
29	冬天里不可砍树	
	——培养不轻言放弃的习惯	85
30	痛感与生命	
	——培养坚强的习惯	88
31	玉米和漏斗	
	——培养专心做好一件事的习惯	91
32	学会倾听的小猫	
	——培养耐心听他人说话的习惯	94

33	放下心中的石头	
	——培养敢于承认错误的习惯	97
34	学会感恩	
	——培养感恩的习惯	100
35	目　标	
	——培养做事有目标的习惯	103
36	白色的金盏花	
	——培养坚持不懈的习惯	106
37	三条忠告	
	——培养勤于思考的习惯	109
38	复原的花瓶	
	——培养独立自主的习惯	112
39	爱的力量	
	——培养有爱心的习惯	115
40	小和尚买油	
	——培养轻松面对压力的习惯	118
41	万人的名字	
	——培养记住朋友名字的习惯	121
42	借四壁余光	
	——培养助人为乐的习惯	124
43	学会谅解别人	
	——培养谅解他人的习惯	127
44	麻袋的境遇	
	——培养用平常心看待事物的习惯	130
45	永远比第一名更努力	
	——培养努力学习的习惯	133
46	拔苗助长	
	——培养遵循客观规律的习惯	136
47	学钓小狗鱼	
	——培养有耐心的习惯	139
48	买驴子	
	——培养慎重择友的习惯	142
49	四个过桥人	
	——培养沉着应对困难的习惯	145
50	一支箭和一捆箭	
	——培养团结合作的习惯	148

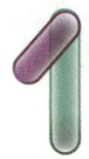
毛聚保护后母
—— 培养孝敬父母的习惯

好故事伴成长培养学生好习惯的50个成长故事

成长故事

明代有一位勤劳勇敢的孩子,名叫毛聚。他从小就心地善良,懂得尊重、孝敬长辈。

毛聚很小的时候,母亲就去世了。父亲怕没人照顾他,就娶了秦家的女子做媳妇,给毛聚当继母。大家都把继母叫做秦氏。秦氏到了毛家以后,不但把家事管理得井井有条,还特别疼爱毛聚。她把毛聚的饮食冷暖时刻挂在心上,把他照顾得无微不至,一点儿也不比亲生母亲差。稍微长大的毛聚,就很会体贴人。毛聚的父亲外出经商,经常十天半个月不在家,家里的事都是秦氏操持忙碌。毛聚看到她日夜操劳很辛苦,就常帮母亲做些家务。别的孩子放了学就出门玩耍,可毛聚总是在学堂就把功课早早做完,然后急忙赶回家,帮母亲挑水、砍柴、放羊、喂猪,样样都和母亲抢着干,生怕母亲太劳累了。这样,秦氏和毛聚的感情越来越深,不知底细的人,还以为他们是亲母子呢!

有一次,毛聚的父亲不在家,偏偏在这个时候,秦氏得了重病,躺在床上不能动弹。毛聚非常着急,他请来医生替母亲看病,又为母亲烧水端药,忙个不停。秦氏生病的日子里,毛聚日夜守候在母亲身边,盼望母亲的病能早日好起来。

有一天,毛聚正给母亲煎药,忽然听到外边有人大喊:"强盗来啦!快跑啊!"人们一边跑一边叫喊着。孩子的哭声、老人的喊声,乱成一片。毛聚赶忙回到屋里,想和母亲先找个地方躲避灾祸。谁知母亲病得太重,根本无法行走。毛聚不由得焦急万分,但又怕母亲因为这件事而受到惊吓,病情加重。毛聚只好安慰母亲,坐在床边和她轻轻说话,让她安心。正在这时,房门被撞开了,冲进来几个气势汹汹的强盗,手里还拿着大刀。毛聚赶忙用身体挡住母亲。其中的一个强盗见屋里就一个孩子和一个卧床不起的病人,就对毛聚喊道:"小孩儿,你不怕死吗?为什么没有逃跑?"毛聚看着这伙强盗,想到母亲的病,难过得流下了眼泪。他回答说:"母亲为了抚养我而累病了。她病得这么重,不能行走,我怎么能忍心把她一个人丢在这里,只顾自己逃命呢?"秦氏怕强盗伤害毛聚,紧紧地把儿子搂在怀里。强盗们看到毛聚小小的年纪,为了保护母亲而不怕丢了自己的性命,既惊奇又佩服。他们你看看我,我看看你,都没去伤害秦氏母子,反而替毛聚带上门,悄悄地走了。

过了不久,父亲回来了,听说这件事后,既高兴又后怕。他连连拍着毛聚的肩膀,激动地说:"你真是我的好孩子!"

成长风铃

从我们出生起,爸爸妈妈就为了我们付出了很多的艰辛和心血。他们既要工作,又要养家,还要照顾我们,陪伴我们一起成长。对于为我们做了这么多事情的爸爸妈妈,我们难道不应该好好回报他们吗?哪怕只是一点点力所能及的家务,或者关心地为他们送上茶水。总之,小朋友们,懂得孝敬养育过自己的亲人,才是一个真正的好孩子。

1. 在爸妈工作完后,问候一声:"妈妈、爸爸,您歇会儿吧。"
2. 在爸妈下班回到家时,给他们倒杯水。
3. 说话、走路或者看电视都轻悄悄的,不打扰父母休息。
4. 饭前摆放好餐具。
5. 饭后收拾餐具、洗碗、擦桌子。
6. 记着爸爸妈妈的生日,亲手为他们做一个小礼物。
7. 父母生病时不忘提醒他们吃药。
8. 把自己的房间收拾整洁,不给父母添麻烦。
9. 父母批评我们的时候要虚心接受,想想父母都是为我们好,自己应该学会反思并渐渐改掉缺点才对。
10. 不独占好吃的东西,和爸爸妈妈一起享用。

父亲的遗愿
——培养勤奋的习惯

成长故事

乔治的父亲因病永远地离开了他,而他只有12岁。父亲的好朋友汉顿先生一直照顾他。"乔治,你父亲留了件东西给你!"汉顿先生说道。"是什么?"乔治问道。汉顿先生从怀里拿出了一封信。

当乔治打开信封的时候,父亲熟悉的笔迹展现在他面前:

"亲爱的乔治,这是一封谁都不愿意写的信,但是我庆幸还有时间来得及告诉你多少次我都忘了说的话,亲爱的儿子,我爱你!

你有一个富裕的家庭,不必像穷人家的孩子一样为了生活而忙碌,但我希望金钱带给你的不是懒惰。因为一旦没有了钱,你只会剩下懒惰。为了你有一个美好的未来,我送你去了学校,希望你可以受到良好的教育,这样做,对你的一生都会有很重要的影响。让你知道自己的一生应该如何度过,应该成为一个什么样的人,但是我发现你还没有明白接受教育对你的意义。

请原谅父亲对你缺少关怀,因为我一直忙于生意,我这样做只是希望可以让你的生活更好,让你不必为了生活而四处奔波,可以不用面对风吹雨打。但事实是,每个人都必须依靠自己。

我亲爱的乔治,你的妈妈很早就离开了,爸爸也不可能永远照顾你,所以你必须学会独立面对自己的人生。懒惰是非常可怕的东西,我希望你可以远离它。与勤奋为友,你的生活会过得充实而有意义。汉顿先生是一个值得信赖的朋友,他会为你提供尽可能的帮助。

还有很多的话想对你说,但是我要离开了!勇敢真诚地面对自己,面对生活。爸爸永远在你身边,注视着你!"

乔治的眼睛湿润了,整天忙碌的父亲其实一直在关心着自己。

"也许真的要好好检讨一下自己的行为了,不能让在天堂的父亲再失望。"乔治对自己说。

1. 远离懒惰。当你想到需要做什么事情时,马上行动,不要让懒惰占据着你的头脑。懒惰的结果是一事无成。

2. 合理安排时间。懒惰常常与生活散漫分不开。养成有规律的生活节奏是摆脱懒惰习性的第一步。

3. 做一些难度很小的事或是你最爱干的事，也可以做你想了很久的事。比如，起床后整理床铺，收拾屋子等，久而久之，就会养成勤劳的习惯。

4. 独立解决问题。自己的事情自己做，比如，独立地解一道数学题，独立准备一段演讲词，独立地与别人打交道等等。没有了依靠，就没办法懒惰了。

5. 培养学习兴趣。兴趣是勤奋的动力，一个人对某项事物产生了兴趣，便会积极主动地投入，消除懒惰。

6. 加强体育锻炼。有些同学的懒惰是因身体虚弱或疾病，致使身体容易疲乏，学习或做其他事情难以持久。这些同学要多参加体育活动，改善体质。

成长风铃

这是一位已经病逝的父亲在去世前留给儿子的一封信。在信中，父亲谆谆教导儿子要与勤奋为友。语言虽然朴实，但意义十分重大。小朋友，也许你的父亲不会用很多动人的语句向你表达他对你的爱，但是你要知道，这份爱是比天更高、比海更深的。所以从此刻起，勇敢地表达出来吧，千万不要吝惜说出你对他们的爱。

3 先把鹅卵石放进瓶子
——培养分清事情轻重的习惯

好故事伴成长培养学生好习惯的50个成长故事

成长故事

　　一天，教授在桌子上放了一个瓶子，然后又从桌子下面拿出一些大块的"鹅卵石"。教授把这些石头全部放了进去。然后问他的学生："你们说现在这个瓶子是不是满的？"

　　"是！"所有的学生异口同声地回答说。

　　"真的吗？"教授笑着又问。

　　然后他再从桌子底下拿出一袋碎石子，又把碎石子从瓶口倒下去，摇一摇，再加一些，又问学生："这瓶子现在是不是满的？"

　　"也许没满。"学生们有些迟疑。

　　"很好！"教授说完后，又从桌子下拿出一袋沙子，慢慢地倒进瓶子里。倒完后，又问学生："现在你们再告诉我，这个瓶子是满的吗？"

　　"没有满。"大家很有信心地回答说。

　　"好极了！"教授又从桌子底下拿出一大瓶水，把水倒在看起来已经被鹅卵石、小碎石、沙子填满了的瓶子里。当这些事都做完之后，教授正色问学生："我们从上面这些事情中可以得出什么结论？"

　　一位学生回答说："无论我们的工作多忙，行程排得多满，如果再压缩一下的话，还可以做更多事情，这门课讲的是时间管理。"

　　教授听到这样的回答后，点了点头，微笑道："答案不错，但并不是我要告诉你们的最重要信息。"

　　说到这里，教授停顿了一下，向全班同学扫视了一眼说："我想告诉各位最重要的信息是：如果你不先将大的鹅卵石放进瓶子里去，你也许以后永远都没有机会再把它们放进去了。"

智慧少年书系

成长风铃

每一天我们都在忙,每一天我们所做的事情好像都很重要,每一天我们都不断地注罐子里灌进小碎石或沙子,但是我们有没有想过,什么才是我们生命中的鹅卵石?当我们盲目地把东西随便装到瓶子里,直到有一天,终于遇上了自己真正想装的东西,却发现瓶子已经没有空隙了,这是怎样的一种悲哀啊!

所以,我们要弄清楚自己想要的东西究竟是什么,然后排好顺序,一个一个地装。

做一做

1. 先做最紧急的事情,再做重要的事情。比如你在照顾一个宝宝,然后火上的水开了,门铃响了,宝宝哭了,你该怎么做呢?应该先把火关掉消灭危险,然后再开门,反正小孩子哭是常事,不能让门外的人等急了。

2. 把需要做的事情列一个计划。如果感觉需要做的事情比较多,就列一个计划,理清哪件事情是紧急的,哪件事情是重要的。这样做起来就不会手忙脚乱了。

3. 把每件事情做完整。当你列出计划后,如果不出现意外的紧急事情,你就把每件事情都完整地做完。不要凡事都做,凡事都做不好,到头来白忙一场。

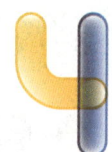

一句夸奖的话
——培养赞赏他人的习惯

成长故事

　　一天，一个心理学家到一家邮局里，排队等候寄一封信，无意中他注意到柜台里那位职员似乎一脸无奈的样子。

　　心理学家突然心生一念，想试着使这位小职员高兴起来，不过他告诉自己："要使他高兴，使他对我产生好感，我一定得说些好听的话赞美他。"于是他又扪心自问，"这人身上究竟有什么优点，值得我由衷地赞美几句的呢？"心理学家静静地观察片刻，最后终于找到了。

　　当小职员开始替心理学家把那封信件过磅秤时，心理学家立即随口友善地说了一句："真希望哪天我也能有你这一头漂亮的头发！"

　　那职员抬头望了心理学家一眼，先是显得有些惊讶，随即绽放出一抹笑意。"哪里，我这头发，比起以前可差多了！"他谦虚地说道。听了这话，他心情果然好转，并热情地跟心理学家聊了好一会儿，临走，还补充一句道："其实有不少人都很羡慕我这头黑发呢！"

好故事伴成长培养学生好习惯的50个成长故事

成长风铃

赞赏能给人们带来快乐，由衷的赞美更能让人们感觉亲切而舒心。你是不是也曾因别人的赞美而感到开心舒畅呢？你想让这个世界变得更加和谐愉快一些吗，那么请慷慨地施与别人你由衷的赞美吧。

赞美是一门大学问。它不仅能融洽你与他人的关系，还能使你的心情舒畅，性格开朗。我们要用真诚的心态，诚心诚意地去发掘他人的特点，进而赞美他。平时，我们可以多说这样的话：

1. 你说到做到，我真佩服你！
2. 你写的字真漂亮！
3. 你这身衣服搭配得真好！
4. 哇，你竟然考了这么高的分数，真棒！我要向你学习！
5. 哦！你的演讲实在太精彩了！
6. 今天晚上的表演很成功，祝贺你！

 **油灯的光芒**
——培养向他人请教的习惯

好故事伴成长培养学生好习惯的50个成长故事

成长故事

　　一位学生因为怕麻烦老师，所以总是不敢提问题。

　　这个老师非常细心，经过长时间和学生们相处，老师终于发现了这个现象，就问他原因。

　　学生说："老师，很抱歉，您给我的答案我又忘记了。我很想再次请教您，但想到我已经麻烦您许多次了，就不敢再去打扰您了！"

　　老师想了想，对他说："你先去点一盏油灯。"学生照做了。

　　老师接着又说："再去多拿几盏油灯来，用第一盏灯去点燃它们。"学生也照做了。

　　这时老师笑着对他说："其他油灯都是用第一盏灯点燃的，但是第一盏灯的光芒有损失吗？"

　　学生回答道："没有啊！"

　　老师又对他说："和你们分享我所拥有的知识，我不但不会有损失，反而会有更大的快乐和满足。所以，有问题的时候，欢迎你随时来找我。"

成长风铃

一个人的知识是有限的，但经过多人长时间的互相讨论、请教，他的知识就会有所提高，所以，如果遇到什么问题解决不了，就应去问别人。向他人请教也是一门学问，没有请教就没有进步，没有进步就难以成功。

1. 经常向老师问问题。遇到没有弄懂的问题时，不要不懂装懂或羞于开口，而是要善于发问，大胆地问。如果有不敢问、不善问的缺点，就要鼓起勇气去问，问得多了自然就克服了胆怯的心理。

2. 看书时遇到问题，要在问题处做记号，或者记在本上，然后想办法解决。

3. 在生活中遇到问题，及时向家长请教。如果家长也回答不上，就和家长一起查资料，把问题弄明白。

4. 如果家长或老师给你讲题时，讲了一遍你没听懂，就直接地告诉他们你没懂，让他们继续给你讲，直到把问题弄明白为止。

毛驴和白马
——培养不嘲笑他人缺点的习惯

成长故事

　　一天，毛驴和白马结伴到山区去。

　　在平坦大道上，白马奋起四蹄，扬起尾巴，不一会儿就把毛驴甩到了后边。白马转过头来看了看毛驴，见它摇着两只大耳朵，不紧不慢地走着，便着急地朝毛驴大叫起来："喂，怎么不把脚步迈得紧一点儿？看你那慢吞吞的样子，我们什么时候才能到达目的地呢？你这黑驴子，真是个庸才！"

　　毛驴听了白马的训斥，不生气，也不泄气，仍然不紧不慢地向前走着。

　　毛驴和白马进入山区后，那山路变得又陡又窄，崎岖不平，白马的速度不知不觉地慢了下来，身上像刚洗过澡似的。毛驴这时却加快了步伐，很快赶到了白马前面。

　　"黑毛驴，你为什么走起山路来比我快呢？"白马看毛驴走起羊肠小路来是这样的轻松，不解地问。

　　毛驴回答说："因为术业有专攻，各有所长。在一定条件下落后的，并不都是庸才啊！"

好故事伴成长培养学生好习惯的50个成长故事

成长风铃

不要拿自己的优点与别人的缺点去比较，也不要夸大自己的优点，取笑他人的缺点。小朋友们，要知道通过学习别人的长处来弥补自己的不足，才能使你们取得真正的进步。

1. 不拿自己的优点和别人比。每个人都有优点，如果主动拿优点和别人比，开始大家或许会夸赞你，但是时间长了，别人会认为你骄傲自大，就不和你交朋友了。

2. 有了缺点就承认，能够承认和面对自己的缺点也是一种勇气。当你勇敢地面对缺点时，别人的嘲笑就变得无所谓了。

3. 不嘲笑别人身体的缺陷。身体有缺陷的人已经很自卑了，即使我们无意的话中涉及他的缺陷，他也会很在意的。所以对身体有缺陷的人，我们说话要留意，不要提及他的缺陷，更不能盯着缺陷处看。

7 你不会念拉丁文
——培养谦虚的习惯

好故事伴成长培养学生好习惯的50个成长故事

成长故事

杰克是小学三年级的学生，聪明好学，勤奋向上。这次，他又获得了班上的最佳朗诵奖，心里像吃了蜜一样甜。回到家后，他把朗诵稿交给女佣，得意地对她说："安妮，你念一段给我听听，怎么样？"

这个善良的女人拿起稿子来，仔细地看了一遍，然后结结巴巴地说："杰克，我不认识这些字。"

杰克更加得意了，他快速地冲进客厅，得意忘形地对父亲喊道："爸爸，安妮不识字，可是我这么小，就得了朗诵奖状，这是多么了不起啊。再看看安妮，拿着一本书却不会读，我不知道她心里是什么滋味。"

父亲看了看杰克，没说一句话，心里却想："杰克如果一直这么骄傲自满，一定会使自己迷失方向。我应该想个办法把他引向正确的方向。"

于是父亲走到书架旁，拿出一本书，递给他说："你看看这本书，就能体会到她心里的滋味了。"那本书是用拉丁文写的，杰克一个字也不认识。

杰克永远都不会忘记那次教训。无论什么时候，只要有想在别人面前吹嘘的念头，他就会马上提醒自己：记住，你不会念拉丁文。

成长风铃

不要因为得到了一点奖励就沾沾自喜。世界很大,你所知道的事情远远不及你不知道的多,所以学会一些知识没有什么值得骄傲的,继续去学习更多的知识才应该鼓励。所以,当你想在别人面前吹嘘自己的时候,请再次想想这个故事。

1. 阅读一些优秀人物的故事。同时代、同年龄的青少年的优秀事迹更具有激励作用。天外有天,人外有人,很多事物的优越性都是相对的。我们所拥有的永远都微不足道,所以我们没有理由不谦虚一点。

2. 虚心向别人请教。我们每个人不是任何事情都能做,都需要周围人支持和帮助,不要不懂装懂,在需要帮助的时候,敢于求助于别人。

3. 要正确对待自己取得的成绩和荣誉。不要为自己的一点小成绩沾沾自喜,要用一颗平常心来看待成绩,只有这样,才会取得更大的进步。

挪开石头的人
——培养为他人着想的习惯

成长故事

有一个非常聪明的国王,他懂得如何教导自己的臣民养成好习惯,他非常注重培养人民的勤勉与细心。

他常说:"如果人民只抱怨或者期待他人帮自己解决问题,那么好事就不会降临这个国家,上帝只赐福给那些将命运掌握在自己手里的人。"

一天晚上,他把一块大石头放在通往皇宫的路上,然后躲在一边观察会发生什么事情。

首先迎面而来的是一个农夫,马车上载满了谷物。"是谁这么粗心大意?"他说着把马车转向绕过石头。

"为什么这些懒人不把石头移走?"尽管他抱怨着其他人的懒惰,却碰都没碰那块石头。

过了一会儿,一位年轻的战士唱着歌走近了。他心中还想着自己的英勇,直到石头差点将他绊倒。他生气地举起剑,咆哮着责骂过路人的懒惰,竟然没有谁把它搬走。他跨过石头走远了。

时间一天天过去,许多人从此经过,但却没有人去移动这块石头。

直到一天晚上,一个穷青年正好经过。因为每天天一亮他就外出干活,所以很疲惫。但是当他看到这块石头时,自言自语道:"这么黑的天,如果有人经过会被石头绊倒的,我要把它挪开。"

年轻人开始搬石头,石头很大,他又很劳累,移动起来很艰难,但是他最终还是将它移到了路边。

让他惊讶的是,石头移开之后,下面竟然有一个盒子。盒子上写着一句话:"送给挪开石头的人。"他打开盖子,里面装满了金子!

当农夫与战士及其他人听到后,马上聚集到曾经放石头的地方,在附近仔细寻找,希望也能发现一块黄金,但他们失望了。

国王对他们说:"我们经常会遇到障碍与重担。如果选择绕过,可能会因此失去成功的机会,懒惰的代价往往是失望。"

好故事伴成长培养学生好习惯的50个成长故事

成长风铃

疲惫的年轻人移开了石头,他的初衷仅仅是为了给别人带来方便,谁曾想他会得到一盒子的金子。多为他人着想一下,是我们从小就应该学会的,学着去为他人解决一些难题,自己也会有意想不到的收获的。生活从来不会亏待任何一个有爱心的人。

1. 养成乐于助人的习惯。帮助别人也是帮助自己,不但使别人受益,自己也会因此而快乐,而且当自己遇到困难时,也会有更多人来帮助你。

2. 不在公共场所大喊大叫,制造噪音。公共场所是大家共同使用的地方,你一个人的噪音会影响到许多人。即使在自己家里,也不要给邻居造成干扰。

3. 宽恕他人的错误。"人非圣贤,谁能无过",很多时候,别人对你的伤害都是无心的,你要给做错的人一个改过的机会。宽大的胸怀会提升你的人格魅力,成为大家喜欢的人。同样,若你不小心做错,别人也会原谅你。

4. 保护环境,不乱丢垃圾,少用一次性用品。保护环境不仅是为他人着想,也是为我们自己着想。地球是我们共同的家园,也是唯一的家园,只有保护环境,才能使所有的人有美好幸福的生活。

5. 节约用水。在很多边远的山区,那里的人还是靠雨水生活,甚至一年才洗一次澡。如果我们随意浪费的话,若干年后,人类的最后一滴水将是自己的眼泪。

一分钟的自白
——培养珍惜时间的习惯

好故事伴成长培养学生好习惯的50个成长故事

成长故事

我们是微不足道的一分钟，
每个人都有六十只翅膀，
我们用它们在看不见的轨迹上飞翔，
而且一去不返。
我们是一分钟，
请你好好珍惜我们，
我必须告诉你每天应该如何使用我们，
谁利用了我们，
谁就将拥有美好的前程，
谁浪费了我们，
谁就会失去一生。

成长风铃

这首诗是在警示那些贪玩的人。小朋友，不要把一分钟不当回事。一分钟虽短，但60个一分钟就是一小时，24个小时就是一天。如果不懂得珍惜这一个个短暂的一分钟，你也可能会轻易失去一生的时间。

我们可以通过制订每天的作息时间表，利用好我们的时间，逐步培养珍惜时间的好习惯。做法如下。

1. 制订一个24小时的作息时间表。也许你从来没有计划过如何度过一天的时间，不过，你现在就要拟定一个草稿，每天都可以修改，但在三天后要最终确定你的作息时间表。

2. 按作息时间表生活。你要立即执行你的计划，严格按照作息时间表做事情。不要因为你的不良习惯破坏了你的计划，要有一个美好的开始，这一步很重要。

3. 每天晚上，对照检查。虽然忙碌了一天，但在你临睡觉前，检查一下你是否按照计划完成了所有的事情，如果没有很好地完成计划，你要查找原因，这样你会做得更好。

4. 没完成的事情，及时制订补救措施。

10 达·芬奇画蛋
——培养打好基础的习惯

成长故事

达·芬奇是著名的画家，也是意大利文艺复兴时期三大艺术巨匠之一。他具有很高的艺术天赋，尤其在绘画领域更是取得了举世瞩目的成就。

达·芬奇出生在意大利，十四岁那年他来到佛罗伦萨拜著名的画家福罗为师。福罗是一位出名的严师，他的第一堂课是让小达·芬奇画鸡蛋，达·芬奇非常开心，他终于可以拿起心爱的画笔一展身手了。但接下来的第二堂课老师还是让他画鸡蛋，他只好不情愿地遵从师命。可是他没想到，第三堂、第四堂甚至第五堂课，福罗还是要他画鸡蛋，他开始有些不耐烦了。"小小的鸡蛋，画在纸上只不过是一个小圈圈，为什么要花那么久的时间练习？"他好奇地问老师。

老师耐心地告诉他："小小的鸡蛋虽然普通，但是不同角度，不同方向的光线投射会产生不同的效果，画出来就会完全不同。画鸡蛋是绘画的基本功，要练习到得心应手，功夫才能扎实。"听完老师这番话，达·芬奇受到了很大启发，于是他每天拿着鸡蛋，一丝不苟地描绘，多年以后，他画过的鸡蛋已经多得数不清了。而他的绘画技巧也已经达到炉火纯青的地步了。有一次，他跟随老师为一个教堂作画，但中途老师突然病倒，无奈，只好由他接续尚未完成的部分。没想到创作完成之后，教堂的牧师不禁赞叹："这幅画实在太出色了，尤其是左半边的部分，可以说是大师级的作品。"

左半边那部分正是达·芬奇所画的。

1. 锻炼身体，为学习打基础。"身体是革命的本钱"，只有身体好才能去努力学习。所以我们要做到早睡早起，经常做

好故事伴成长培养学生好习惯的50个成长故事

跑步或踢球等运动项目,增强体质。

2. 写日记,为作文打基础。日记是把所想的、所做的、所看到的有意义的事情用语言写下来。在写日记时,你的思考能力和写作能力会在不知不觉中得到提高。作文一直是语文的半壁江山,要想写好作文,就要求功夫用在平时,多看好书,用心写日记。

3. 学好每一门功课,为以后的发展打基础。社会需要的是"T"型人才,也就是说需要知识面广泛,而且有一项专业特长的人才。小学和中学学习的知识都是基础,都是"T"字上面的"一",只有掌握好全面的知识,才能从中发展出一门专业知识,成为21世纪所需要的混合型人才。

4. 培养兴趣,为特长打基础。随着生活的富裕,望子成龙的家长们不惜千金,都让孩子参加特长班,希望孩子有一技之长。"兴趣是最好的老师",为了能在同龄人中脱颖而出,小朋友们一定要培养自己的兴趣,这样在特长班里就可以学得更好了。

成长风铃

达·芬奇画蛋的故事广为流传,这个简单的故事给了我们很大的启示,在做一件事时,要从最基础做起,不要看不起那些细微的小事,它们往往蕴涵着深刻的道理与无穷的智慧。正如涓涓溪流汇成大海一样,成功的殿堂正是由这样不起眼的"石头"一层层筑起来的。

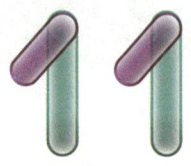

一封电子邮件
——培养节俭的习惯

好故事伴成长培养学生好习惯的50个成长故事

▍▎成长故事

爸爸为了锻炼丽莎的独立生活能力，把她送到一家全封闭式的全日制小学上课。爸爸和她约定每月1号给丽莎寄100美元的生活费。拿到生活费后，丽莎用钱既无计划也不节制，几乎每天都和同学到校园餐馆挥霍，结果第一个月还没过完，丽莎的口袋里就只剩下几个钢镚叮当响了。第一个月，爸爸容忍了她的无节制做法，提前把第二个月的生活费寄了过来。然而丽莎却放任自己的行为，第二个月、第三个月还是如此。

终于，在离第四个月的收款日还遥遥无期的时候，丽莎又捉襟见肘了。万般无奈之下丽莎只好写一封电子邮件，内容简短明了："爸爸，我饿坏了。"爸爸很快回了信，也非常简短："孩子，饿着吧！"

生活真是太奇妙了。在那之后，只有10美元的10天里，丽莎开始在花钱的问题上绞尽脑汁，出手之前必会细细打算，竟然也把艰难的日子熬过去了。

从此以后，丽莎开始精打细算，她发现其实只要稍稍节制一下不必要的支出，每月100美元生活费是足够的。这样一来，每个月丽莎甚至可以积攒下一些钱了。丽莎用这些钱买了许多自己喜欢的书、磁带、唱片，做了一些比如旅游、捐款等有意义的事情，当然也没有忘记偶尔和朋友们到餐馆聚聚。丽莎的生活比以前过得充实而丰富了。

成长风铃

很多小朋友花钱都没什么节制,经常提前把爸爸妈妈给的零花钱花光,到最后只好又伸出手来要。为什么不学学节俭一些,有计划地花费呢?看看丽莎的遭遇,你知道自己应该怎么做了吧。

1. 吃得要科学。不要根据自己的口味挑食、偏食,一日三餐要坚持吃好、吃饱,也不要饭前饭后吃方便面、面包、蛋糕等零食。餐桌上保持卫生,不要让饭菜洒在桌面上,不要在自己碗里剩菜剩饭。

2. 穿着要朴素。即使家庭相当富有,也要穿着朴素一些。身为学生,没有贵族和平民之分,心态和行动都能平衡在同一起跑线上,这对我们的成长十分有利。

3. 珍惜学习用品。不要因为写错一两个字就撕掉一张纸,不要总是弄断铅笔芯,不要买只能看不能用作摆设的多余物品。

4. 给自己准备一个储蓄罐,将零钱存在里面,积少成多,用在有意义的方面。

小男孩的梦想
——培养自信的习惯

成长故事

有个小男孩因患脊髓灰质炎而留下了瘸腿和参差不齐的牙齿，他认为自己是世界上最不幸的孩子。没有同学愿意和他一起游戏玩耍，老师叫他回答问题时，他也总是低着头一言不发。

春天来了，小男孩的父亲买回来一些树苗，想把它们栽在屋前。他把孩子们叫过来，让他们每人栽一棵，并对他们说，谁栽的树苗长得最好，就给谁买一件礼物。小男孩也想得到父亲的礼物，可是看到兄妹那蹦蹦跳跳提水浇树的身影，他却希望自己栽的那棵树早日死去。因此，在浇过一两次水后，他就再也没去管它了。

可过了几天小男孩惊奇地发现，他种的树不仅没枯萎，还长出了几片新叶子，与其他的树相比，显得更嫩绿，更有生气。

小男孩的父亲给他买了他最喜爱的礼物，并对他说，从他栽的树来看，他长大后一定能成为一个出色的植物学家。渐渐地，小男孩不再自卑，开始变得乐观向上起来。

一个月光明亮的晚上，小男孩躺在床上睡不着，忽然想起生物老师曾说过的话：植物一般都在晚上生长。去看看自己的那棵小树是怎么生长的？当他轻轻地来到院子里时，却看见父亲在向自己栽种的那棵树下泼洒着什么。他一切都明白了，原来父亲一直在偷偷地为自己栽种的那棵小树施肥!小男孩看着父亲，泪水不知什么时候流出眼眶……

那瘸腿的小男孩最终没有成为一个植物学家，但他却成了美国总统。他的名字叫富兰克林·罗斯福。

好故事伴成长培养学生好习惯的50个成长故事

成长风铃

哪怕是再弱小的生命，哪怕周围人都讨厌你，只要你充满自信，怀揣梦想，总有一天你也会实现梦想。所以小朋友，不要为自己的一点不足唉声叹气，鼓起勇气向前冲，因为能够带你走向成功幸福的人，只有你自己。

1. 勇于坐在教室的前三排。专家调查发现，喜欢坐在教室后排座位的人，都希望自己不会"太显眼"。而他们怕受人注目的原因就是缺乏信心。

2. 把你走路的速度加快25%。一般来说，走起路来比一般人快的人都有超凡的信心。

3. 打破沉默，学会当众发言。不论是参加什么活动，每次都要主动发言，也许你的发言并不是最好的，但你已经实现了自我突破。这比什么都重要。

4. 经常用肯定的语气说话可以消除自卑感。如"我相信我能行的"、"我一定能做好这件事"等。

第一百个顾客
——培养做好事不张扬的习惯

好故事伴成长培养学生好习惯的50个成长故事

▎▎成长故事

　　中午用餐高峰时间过去了，原本拥挤的小吃店变得宽敞了许多，当老板正要喘口气翻阅报纸的时候，有人走了进来。那是一位老奶奶和一个小男孩。

　　老奶奶坐下来拿出钱袋数了数钱，叫了一碗汤饭，热气腾腾的汤饭。

　　奶奶将碗推到孙子面前，小男孩吞了吞口水望着奶奶说："奶奶，您真的吃过午饭了吗？""当然了。"奶奶含着一块萝卜泡菜慢慢咀嚼。一会儿工夫，小男孩就把一碗饭吃个精光。

　　老板看到这情景，走到两个人面前说："老太太，恭喜您，您今天是我们的第一百位客人，所以这碗汤饭是免费的。"一个多月后的一天，无意间望向窗外的老板看见那个小男孩蹲在小吃店对面像在数着什么。

　　原来小男孩每看到一个客人走进店里，就把小石子放进他画的圈圈里，但是午餐时间都快过去了，小石子却连五十个都不到。

　　心急如焚的老板急忙打电话给所有的老顾客："很忙吗？我要你来吃碗汤饭，今天我请客。"像这样打了很多电话之后，客人开始一个接一个到来。

　　"八十一，八十二，八十三……"小男孩数得越来越快了。终于，当第九十九个小石子被放进圈里时，小男孩匆匆拉着奶奶的手进了小吃店。"奶奶，这一次换我请客了。"小男孩有些得意地说。真正成为第一百个客人的奶奶，由孙子招待了一碗热腾腾的牛肉汤饭。而小男孩就像奶奶一样，含了块萝卜泡菜在嘴里嚼着。

　　"也送一碗给那个男孩吧。"老板娘不忍心地说。"那男孩正在学习不吃东西也会饱的道理呢！"老板回答。吃得津津有味的奶奶问小孙子："要不要留一些给你？"

　　没想到小男孩却拍拍他的小肚子说："不用了，我很饱，奶奶您看……"

38　智慧少年书系

成长风铃

在这个故事中,我们为这对祖孙的亲情所感动,也为小店老板用心良苦的善举所感动。助人却不让被帮助的人发觉,留给需要帮助的人一份尊严,才是助人为乐的最高境界。如果这个世界有更多像小店老板这样的人,我们的生活将更充满爱与和谐。

1. 见到有困难的人,如果你可以帮助,就要主动上前帮忙。当被帮助你的人问你姓名的时候,你给他一个笑脸就够了。

2. 顺手做好事。邻居家的垃圾装好袋子,会先放在门口。如果你刚好空着手下楼,可以顺手把垃圾捎到楼下的垃圾集中处。时间长了,这幢楼内的居民会被你的好习惯所感染,你们居住的环境会更加洁净、美好、和谐。

3. 维护被帮助人的尊严。班里如果有家庭贫困的同学,你可以把好吃的或多余的学习用品送给他。但是你的态度一定要真诚,你可以这样告诉他:"妈妈非要给我两个苹果,你帮我吃一个吧。""我的橡皮太多了,总是乱放让妈妈说我,给你一块。""我不喜欢吃这个,爸爸又装到书包里了,给你吧。"这样说,就不会让同学认为你看不起他了。

14 麦粒和挫折
——培养从容面对风雨的习惯

成长故事

很久以前，当上帝还住在地球上的时候，有一天，一个农夫找到上帝，对他说："我的神啊，也许是你创造了世界，但是你毕竟不是农夫，我得教你点东西。"

上帝借着胡子的遮掩，偷偷笑了，对他说："那你就告诉我吧。"

农夫说："给我一年时间，在这一年里，按照我所说的去做。我会让你看见，世界上再不会有贫穷和饥饿。"

在这一年里，上帝满足了农夫提出的所有要求。没有狂风暴雨，没有电闪雷鸣，没有任何对庄稼有危险的自然灾害发生。

当农夫觉得该出太阳了，就会阳光普照；要是觉得该下点儿雨了，就会有雨滴落下，而且想让雨停雨就停。

风调雨顺的环境真是太好了，小麦的长势特别喜人。

一年的时间到了，农夫看到麦子长得那么好，就又到上帝那儿去了，对上帝说："你瞧，要是再这么过十年，就会有足够的粮食来养活所有的人。人们就算不干活也可以安逸地生活了。"

然而，等人们收割小麦的时候，却发现麦穗里什么都没有。这些长得那么好的麦子，竟然什么都没结出来。这让农夫惊讶极了，于是又跑到上帝那儿去了："上帝呀，这究竟是怎么回事呀？"

"那是因为小麦过得太舒服了。这一年里，它们没经过任何风吹雨打，也没受到过烈日煎熬。你帮它们避免了一切可能伤害它们的东西。没错，它们长得又高又好，但是你也看见了，麦穗里什么都结不出来。小麦也是时不时需要些挫折的。"

好故事伴成长培养学生好习惯的50个成长故事

成长风铃

温室里的花朵是经不起风吹雨打的，犹如风调雨顺的环境下长出的麦子会颗粒无收。不经历风雨，怎么见彩虹？不经历挫折，怎么能收获辉煌？人的一生，经历一些挫折还是很有必要的，所以人在风雨中成长，才能变得坚强，才能成就梦想！

1. 摆正心态，正确认识挫折。人在一生中必将遇到各种挫折，学会以端正、坚强的心态来面对它，就是战胜挫折的第一步。

2. 建立必能战胜挫折的信心和决心。面对失败或逆境时，人们总会不自觉地想要退缩、逃避，但是唯有建立起一定能够战胜挫折的信心和决心，才不会被挫折打败。

3. 勇敢地面对挫折的挑战，并从中吸取教训。挫折能增强人的勇气、锻炼人的意志，只有经历挫折始终坚韧不拔的人才是真正的胜者，而从挫折中吸取经验教训，也是胜者最大的智慧。

15 程门立雪
——培养尊敬老师的习惯

 好故事伴成长培养学生好习惯的50个成长故事

成长故事

宋朝有一位理学大师，名叫杨时，他自幼勤奋好学。一年冬天，杨时读书时又遇到难题，尽管他绞尽脑汁，挖空心思，还是不能得知答案，于是，就和同学约好了，一起去请教老师。

杨时早早就起了床，出门一看，只见天地间白茫茫一片，凛冽的寒风夹杂着鹅毛般的雪片，脚一踩上去，雪都淹没了脚踝。杨时加了点衣服，还是出发了。

杨时和同学冒着雪，深一脚浅一脚地往老师程颐家赶。雪花随着北风直往他们脖子里钻，被积雪覆盖的路，又滑又难走，遇到下坡，他们一不小心就摔一跤。就这样，他们好不容易到了老师家门口。

老师家的门是关着的，虽然杨时想到暖烘烘的炉火，很想进去，可是他估计了一下时间，对同学说："这个时候，老师一定在睡午觉，我们就在这里等老师醒了再进去吧！"同学只好点了点头。于是，他们两个人就站在门前的雪地里，恭恭敬敬地等候。

过了好长时间，门"吱呀"一声开了，老师程颐睡眼惺忪地推门出来，他惊讶地看见门前有两个瑟瑟发抖的"雪人"！还没等他细想，接着就听见"雪人"开口说话了："老师，真是不好意思，学生打扰您午休了。"

老师立刻明白过来，特别感动，赶快心疼地把这两个前来请教的学生拉进了屋里。

1. 上课专心听老师讲课，认真完成老师布置的作业。这是尊敬老师最基本的要求。

2. 听老师的教导，服从老师的安排。言语上不和老师顶撞，按老师讲的话去做。

3. 不迟到不旷课。老师给同学们讲课，是给我们传授知

识。我们要尊重老师的劳动，不能迟到和旷课。否则不但不尊重老师，也会影响自己和同学们的学习。

4. 见到教过你的老师要主动问好。不管在学校还是其他地方，只要是见到教过自己的老师，都要主动向老师问好。

5. 和老师谈心。没有一个老师不爱自己的学生，没有一个老师不希望自己的学生优秀。所以面对老师的教诲，我们要怀着感激的心情仔细聆听。当你遇到什么难解的问题时，可以找老师谈心，详细地告诉他你的想法，他不仅是你的朋友，可以倾听你的心声，还是一个智慧的长者，会给你指点迷津，让你找到全新的自我。

6. 教师节向老师祝贺。设立教师节，是对所有老师的尊敬。这一天，我们可以用鲜花或贺卡向老师表示祝贺，感谢老师的教育之恩。

成长风铃

杨时在寒风大雪中站了几个时辰，只是为了不打扰老师的午休。试问，这种尊师的程度有几个人能达到？"春蚕到死丝方尽，蜡炬成灰泪始干。"老师呕心沥血，将知识毫无保留地传授给我们，我们就不能只将尊师留在口头，全社会的人要向杨时学习，将尊师时刻体现在行动上。

16 电梯里的微笑
——培养微笑的习惯

成长故事

站在电梯门口,我的眼睛紧盯着变化着的楼层指示数字……过了一会儿,电梯门毫无声响地打开了。随着人流的涌动,我也被带进一个狭窄的空间。"咣"的一声,电梯关上沉重的大门,继续不厌其烦地做着升降运动。电梯里人挨人,大家彼此默立,眼神淡然,空气里只闻到香水和汗水混合的气味。就这样僵立了一会儿,我试着对每一个人微笑。可每当我跟别人的眼神相碰,嘴角还没来得及扬起,对方早已掉转脑袋,留给我一个冰冷的后脑勺。多次受挫后,我决定放弃,又神情沮丧地盯着楼层指示数字。

电梯门再一次毫无声响地打开了。像"出狱"似的,要出去的人争先恐后,也许是实在忍受不了电梯里弥漫的气味,出去就是一种解脱。当然,要进来的人还是不甘示弱。我依旧站在同样的位置,依旧注视着楼层指示数字。电梯门关到一半,一个打扮入时的年轻阿姨,一边喊着:"等一下,还有我!"一边咚咚咚跑进来。

站稳后,她灿烂地一笑,做起了自我介绍:"大家好,我是舞蹈学院的一名老师,住十一楼,以后请多多关照!"说完,又不折不扣地送来一个甜甜的微笑。阿姨的话打破了电梯里惯有的沉寂,只见有的人笑着点点头,仿佛是对阿姨热情的赞赏。

看到这一幕,我不由得会心一笑:看来,在这小小的电梯里,每个人心里的情感就这样被阿姨的笑容和言语给唤醒了。我的目的地到了,受阿姨的影响,我也回头给电梯里的每个人一个天真的微笑,然后,含着笑朝家里走去……

微笑吧!生活会因此而美丽!

好故事伴成长培养学生好习惯的50个成长故事

成长风铃

寥寥数笔勾画出电梯里冷漠而又沉寂的气氛。阿姨出现了，灿烂的笑容和热情的自我介绍，就像是一缕春风，吹散了阴霾。人们被感染了，传递着微笑；"我"被打动了，不由得也加入了传递微笑的行列当中……微笑是冬日里的暖阳，能融化冷漠的冰雪！

1. 走在路上或在公共场所，遇见老师、邻居、同学等相识的人，应该主动打招呼，问候致意。你可以面带微笑地说"您早"、"您好"、"晚上好"等。

2. 别人向你打招呼以后，你也应当向他微笑致意，否则会被认为不礼貌。

3. 如果遇到比较熟悉的朋友或长辈，除了问候致意外，还可以问问对方家人的情况，并请他代为问候，如"叔叔阿姨近来好吗"、"姐姐最近学习紧张吗"等。

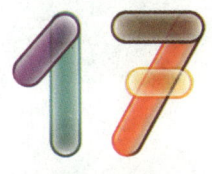

独木桥上的山羊
——培养谦让的习惯

 好故事伴成长培养学生好习惯的50个成长故事

成长故事

　　森林中有一条河流，河水湍急，不停地打着漩涡，奔向远方。河上有一座独木桥，窄得每次只能容一人经过。

　　一日，东山上的羊想到西山上去采草莓，而西山的羊想到东山上去采橡果，结果两只羊同时上了桥，到了桥中心，彼此挡住了，谁也走不过去。

　　东山的羊见僵持的时间已很长了，而西山的羊照样没有退让的意思，便冷冷地说道："喂，你没看见我要去西山吗？"

　　"那你呢，你为什么要挡我的道？"西山的羊反唇相讥。

　　"你让还是不让？不让开，我就闯。"东山的羊摇了一下头，那意思是：看到没有，我的犄角就像两把利剑。

　　"哼，跟我斗，没门！"西山的羊仰天长咩一声，便低头用犄角去顶东山的羊。

　　"哼，我看你是想打架。"东山的羊边说边低头迎上西山的羊。

　　"咔"，这是两只羊的犄角相互碰撞的声音。

　　"扑通"，这是两只羊失足同时落入河水中的声音。

成长风铃

谦让，是中华民族几千年流传下来的一种美德。你若处处争强好胜，便会处处碰壁。在适当的时候给别人让一条路，也等于给了自己一条路。狭路相逢，要懂得谦让。适当的退让，其实是为自己下一步的前进打下良好的基础。

1. 谦逊待人。你和另一位学生共同做了一件好事，老师表扬你时，你应该告诉老师，这件事是另一位同学建议，你们共同做的。

2. 多为他人着想。在家里，不要把音箱开得很高，不要制造大的声响，那样会影响到楼上楼下的邻居们。

3. 培养集体观念。只有同学们在本职上各自努力，在团体中相互谦让，才能创造出优秀的集体。在校园篮球比赛中，你们班正在和别的班比赛，这时你的同学撞到了你，你会怎么做呢？即使平时你是个争强好胜，好用武力解决问题的同学，但这时只要心中想着集体的荣誉高于自己的利益，你就会宽容同学，对同学谦让。

18 捡起鸡毛
——培养不说他人坏话的习惯

成长故事

圣菲利普是16世纪深受爱戴的罗马牧师，富人和穷人追随着他，贵族和平民也都喜欢他，这一切都是因为他的善解人意。

有一次，一位年轻的女孩来到圣菲利普面前倾诉自己的苦恼。圣菲利普发现了女孩的缺点，其实她心地倒不坏，只是常常喜欢说些无聊的闲话。这些闲话传出去后就会给别人造成许多伤害。

圣菲利普说："你不应该谈论他人的缺点，我知道你也为此苦恼，现在我命令你要为此赎罪。你到市场上买一只母鸡，走出城镇后，沿路拔下鸡毛并四处散布。你要一刻不停地拔，直到拔完为止。你做完之后就回到这里告诉我。"

女孩觉得这是非常奇怪的赎罪方式，但为了消除自己的烦恼，她没有任何异议。她买了鸡，走出城镇，并遵照吩咐拔下鸡毛并四处散布。然后她回去找圣菲利普，告诉他自己按照他说的做了一切。

圣菲利普说："你已完成了赎罪的第一部分，现在要进行第二部分。你必须回到你来的路上，捡起所有散落的鸡毛。"

女孩为难地说："这怎么可能呢？风已经把它们吹得到处都是了。也许我可以捡回一些，但是我不可能捡回所有的鸡毛。"

"没错，我的孩子。那些你脱口而出的无聊话语不也是如此吗？你不也常常从口中吐出一些无聊的谣言吗？然后它们不也是散落路途，口耳相传到各处吗？你有可能跟在它们后面，在你想收回的时候就收回吗？"

女孩说："不能，神父。"

"那么，当你想说些别人的闲话时，请闭上你的嘴，不要让这些邪恶的羽毛散落路旁。"

好故事伴成长培养学生好习惯的50个成长故事

成长风铃

一时脱口而出的恶毒语言，就如散落的鸡毛飘飞各处，给人造成的伤害是无法收回和弥补的。所以小朋友们，在一些话脱口而出之前一定要想想清楚，看是不是会伤害到别人，如果是就尽量不要说，因为伤害别人也就是伤害自己。

1. 开口说话前，要想一下，看会不会伤害别人。比如你和戴着眼镜的朋友正走着路，看到对面走过来一个人眼圈很黑，就笑着说一句"真像四眼熊猫"。虽然你是无意的，但听者有心，他戴着眼镜本身就忌讳"四眼"二字。

2. 没有确切依据的话不要说。诚实讲信用的人是不会道听途说的，我们从小就要讲实话，讲有根据的话。

3. 有人在你面前说别人的坏话时，你要阻止他，或者转换话题。当同学告诉你，你的同桌以前偷过家里的钱时，你可以告诉她，星期天你和妈妈去超市买了一个很漂亮的毛毛熊，请她放学后一起去你家玩。

4. 不在背后说人坏话。你怎样对待别人，别人就会怎样对待你。所以，我们不想听别人说自己的坏话，就不要在背后说别人的坏话。

19 雷雨和强盗
——培养积极心态的习惯

好故事伴成长培养学生好习惯的50个成长故事

成长故事

从前，有一位做生意的少年，刚从城里完成一笔丰厚的交易，身上带着大笔的钱骑着马赶路回家。

这几天的天气一直晴朗，可他刚走到中途，忽然雷雨大作，将他淋成了落汤鸡，他渐渐心生不满，心想一定是老天爷故意刁难他。

少年一边赶路一边避雨，走走停停，经过一处浓密的树林时，突然跳出了一个强盗，手中握着一把老式猎枪对准少年。

强盗威胁他说："快把身上的钱全部交出来！否则我开枪了。"

"我和你无冤无仇，请不要伤害我，请你不要开枪。"少年慌张地乞求着。

强盗威风凛凛地说："我是这座森林的老大，想经过这里的人都要留下过路费，看你是要留下命还是留下钱。"

这时，突然一声雷响，惊动了少年的马，马儿发出一阵嘶鸣，强盗想威吓少年，于是对空鸣枪，没想到枪竟然没响。

机不可失，少年连忙快马加鞭，逃离那片树林，终于摆脱强盗的追击。

少年松了一口气，自嘲地说道："唉！刚刚还抱怨老天爷下大雨故意刁难我，如果天气晴朗的话，强盗的弹药没有潮湿，我一定难逃杀身之祸。"

成长风铃

在行程中遇到大雨的确是一件很让人恼火的事，可也正是这瓢泼大雨，挽救了少年的生命。所以在遇到事情的时候，不要先急着埋怨，记得用积极乐观的心态去面对，去多方面地考虑一下，或许，好运就在前边。

1. 学会爱别人，积极去帮助他人，向他人显示你的信心，并把信心传给他人。

2. 少发一些牢骚，多一些宽容。尽量用平和的心态对待周围的一切。

3. 做事情不拖延。专家发现人类大多数烦恼都是由于人们习惯拖延，从而产生一系列的担忧。

4. 多参加有益的文娱活动。如和小朋友们玩游戏，参加学校的体育项目等，开阔自己视野。

20 打翻的牛奶
——培养吸取教训的习惯

成长故事

尤辉是个淘气的孩子。一天，他尝试着从冰箱里拿一瓶牛奶，但瓶子很滑，他失手使瓶子掉在了地上，溅得满地都是牛奶——像一片牛奶的海洋！

他的母亲到厨房来，并没有对他大呼小叫地教训他或惩罚他。她说："哇，你制造的混乱还真棒！我几乎没看过这么大的奶水坑。反正损害已经造成了，在我们清理它以前，你要不要在牛奶中玩几分钟？"

尤辉的确这么做了。几分钟后，他的母亲说："你知道，每次当你制造了这样的混乱时，最后你还是应该把它清理干净，你想这么做吗？我们可以用一块海绵、一条毛巾或一只拖把。你喜欢哪一种？"他选择了海绵，于是他们一起清理打翻的牛奶。

他的母亲说："你知道，我们在如何用两只小手拿大牛奶瓶上，已经做了个失败的实验。现在让我们到后院去，把瓶子装满水，看看你怎样才能拿稳它。"小男孩试来试去，终于发现如果他用双手抓住瓶子上端接近瓶嘴的地方，就可以拿稳它而不会滑掉了。

1. 做错事后，马上承认错误。不管你是无心地犯了错误，还是有心地做了错事，事情一旦发生，要马上向对方承认错误。不能逃避或隐瞒事实的真相。因为事情的真相最终会被发现，如果你一直隐瞒着，你不但会成为不诚实的孩子，或许还会使事情变得更糟糕。

2. 面对错误，收拾残局，弥补过失。如果你在打扫卫生时，不小心把同学的书碰到了地上，你要把书捡起来，擦干净，交给同学或者放在原处，并对同学说声"对不起"。

3. 从错误中总结经验，以后不犯同类错误。当你不小心删掉爸爸存在电脑里的文件时，不要慌张地再乱动电脑了，要保持原状等着爸爸回来收拾。爸爸可能会生气地说你，但是你不能一直处于担心和害怕状态中，以后再也不敢动电脑了。只要不再随便删除或更改文件就行了。

成长风铃

是的，牛奶被打翻了，地上成了牛奶的"海洋"，该怎么办？是为了打翻的牛奶而哭泣，还是去做点别的？在成长的路上，我们难免会犯一些错误，犯错误并不可怕，只要我们从中吸取了经验教训，学到了一些有用的知识，那么，一切都可以原谅。面对无法改变的事实，我们唯一能做的，就是从中吸取教训，同时忘掉这些不愉快。

21 总统的签名
——培养宽容的习惯

好故事伴成长培养学生好习惯的50个成长故事

成长故事

美国前总统克林顿与一个小孩有过一件趣事。

有一天,克林顿到医院探视病人,有一位小孩突然钻到他的身边。

这个小孩不断地看着克林顿先生,什么话都不说。

彼此沉默了几秒钟之后,克林顿首先开口:"你有什么话要跟我说吗?"

"我想要你的签名照!"小孩用响亮的声音说。

克林顿情不自禁地露出微笑,拿出名片,很快地写上名字,正要交给小孩时,小孩又要求说:"我可以要四张吗?"

克林顿一脸笑意:"为什么要这么多张?一张不够用吗?"

小孩回答他:"我要用三张你的签名去换迈克·乔丹的一张签名照。"

克林顿总统并没有因此而不高兴,他又接连拿出三张名片,都签上了名字,同时开心地说:"我有一个侄子,最喜欢迈克·乔丹,改天有空我也要帮他去换一张迈克·乔丹的签名照。"

成长风铃

海纳百川，有容乃大。海洋之所以辽阔，是因为它的包容，人也一样，完善的人格离不开宽容的支撑。学会宽容，用一颗宽容的心去对待别人，会使自己变得更加平易近人，也更容易被他人接受。同时，也使自己的人格得到了升华。

1. 当同学犯了错误，特别是无意地犯了错时，你应该原谅他。既使是有意地做错了，并且牵扯到了你，你也不能发脾气，而要给他讲道理。这样，犯错的同学就会感到内疚，并会下决心改正错误。只要意识到错，并且能及时改正，又有什么不可原谅呢？

2. 犯了错误时，要真诚地向对方说"对不起"，并说明犯错的原因，保证以后不再犯同样的错，争取对方的谅解。

3. 在帮助同学改正错误的过程中，自己要从中吸取教训，不让自己犯同类的错误。

22 朋友与苹果
——培养信任朋友的习惯

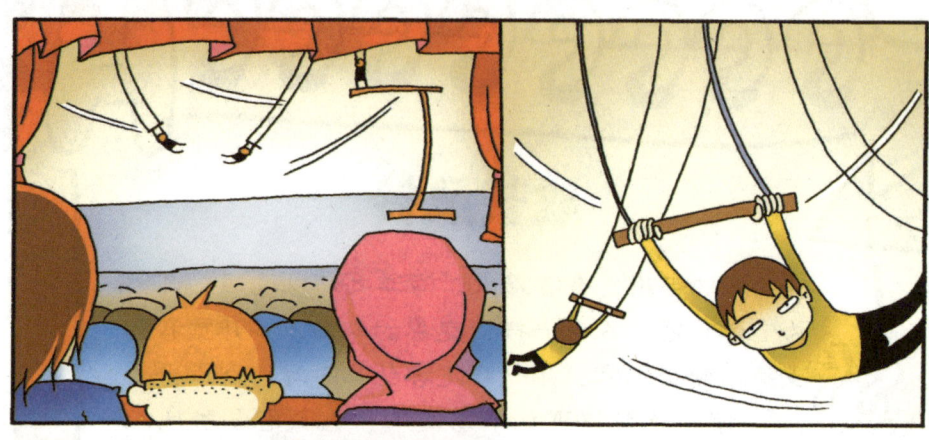

成长故事

有两个人十分要好，彼此不分你我。一日他们走进了沙漠，干渴威胁着他们的生命。

上帝为了考验他俩的友谊，就对他们说：前面的树上有两个苹果，一大一小，吃了大的就能平安地走出沙漠。

两人听了，都让对方吃那个大的，坚持自己吃小的。争执到最后，谁也没说服谁，两人都在极度的劳累中迷迷糊糊地睡着了。不知过了多长时间，其中一个突然醒来，却发现他的朋友早向前走了。于是他急忙走到那棵树下，摘下苹果一看，苹果很小很小。他顿时感到朋友欺骗了他，便怀着悲愤与失望的心情向前走去。

突然，他发现朋友在前面昏倒了，便毫不犹豫地跑了过去，小心地将朋友轻轻抱起。这时他惊异地发现：朋友手中紧紧地攥着一个苹果，而那个苹果比他手中的小了许多。

他们都经受住了上帝的考验，平安地走出了沙漠。

好故事伴成长培养学生好习惯的50个成长故事

成长风铃

不要轻易怀疑自己的朋友,各种猜测和疑虑都会使你们的友谊出现裂痕,甚至越来越大。只要是真正的朋友,彼此之间有着真正的友谊,就应该相信对方。

1. 相信自己的想法,不要轻易受他人挑拨。挑拨别人的人是由于妒忌心理在作祟,说出不符合实际的坏话,使受挑拨的人听信他的话,而做出错误的决定或做出错事。当平时不经常交往的朋友突然好心地来告诉你一些情况时,你要考虑清楚,不要轻易受到挑拨。

2. 不传朋友的"小秘密"。和好朋友相处,也许好朋友会告诉你他的心里话、小秘密。这是朋友信任你,但要知道朋友的秘密是他们自己的。我们不能把朋友的秘密随意告诉其他人,这样会损害朋友的利益。

3. 树立诚实守信的观念。信任建立在诚实的基础上,只有时时刻刻提醒和要求自己诚实,才能慢慢树立自己的信用。记住,一句谎话就有可能丢了信任。

4. 管住自己的嘴巴。如果朋友信任你和你说了一些心里话,或关于其他同学的闲言碎语,不要再跟其他人讲。背后议论他人或者传闲话,你的朋友就不会原谅你,以后也不会再信任你了。

# 健康不怕传染
——培养坚持原则的习惯

好故事伴成长培养学生好习惯的50个成长故事

成长故事

　　一位少年染上了容易传染的皮肤病，为了自家孩子的健康，很多家长都告诫自己的孩子不要再跟那个少年接触。但有一个小男孩例外，他仍然跟以前一样，与患病的伙伴一起上学放学，一起玩耍。邻居们都感到很奇怪，因为这位小男孩的父母都是医生，他从小受到的卫生教育理应要比别的孩子多，他没有理由不知道那样做的"危险"。

　　有好心的邻居阿姨提醒小男孩，小男孩看了看阿姨，回答说："妈妈告诉我，健康的身体是不怕传染的。"果真，直到患病的伙伴痊愈了，这位小男孩也没有被传染。好几年过去了，这位小男孩长成了大男孩，上了高中，是一个品学兼优的好学生，但是老师发现他有一个"缺点"就是爱跟那些大家公认的"坏学生"在一起。这当然不是个好兆头！

　　因此，老师善意地劝告他要注意自己"好学生"的形象，但是男孩却自有他的主见，他说："如果我真是变'坏'了，也只能证明自己本质上并不是一个好学生，又怎么怨得了别人呢？如果我是健康的，我就不怕别人来传染；如果我是好人，我不怕别人教我学坏，因为好人是不会去学坏的。健康的生命是不怕传染的。"

成长风铃

一个人的成长除了受环境的影响，更重要的还是自身。自己有健康的身体，就不怕传染上疾病；自己能坚持原则，就不怕被别人带"坏"。坚持自己的原则和信念，不受外界干扰，才是孩子成长的正确方向。

1. 自己认为对的事情，不受别人的行为影响而改变。当别人都在为考试作弊做准备时，你认真复习，这样即使考试成绩不好，也不会感到难过。

2. 清楚自己的立场。要坚持自己的立场，首先要有立场。当事情发生时，如果你一直犹豫不决，确定不了立场，当然就没办法坚持立场了。

3. 遇到事情时，要果断做出决定。两面三刀的做法固然不对，但如果一直犹豫不决，就会出现立场不坚定，很容易出现"墙头草随风倒"的现象。

24 母亲的珠宝
——培养珍视亲情的习惯

成长故事

在几百年前的罗马城，有两个孩子正在清晨的阳光下快乐地玩耍，他们的母亲康妮黎亚过来对他们说："亲爱的孩子们，今天有一位富有的朋友要来我们家做客，她还会向我们展示她的珠宝。"

下午，那个富有的朋友来了。金环在她手臂上闪烁着耀眼的光芒，手指上的戒指闪闪发光，脖子上挂着金项链，发髻上的珍珠饰品则发出柔和的光。

弟弟感叹地对哥哥说："她看起来如此高贵，我从没有见过这么漂亮的人。"哥哥说："是的，我也这样觉得！"

他们羡慕地看着客人，又看看自己的母亲。母亲只穿了一件朴素的外套，身上没有任何珍贵的饰品。但是她和善的笑容却照亮了她的脸庞，远胜于任何宝石的光芒。她金棕色的头发编成了一条长长的辫子，盘绕在头上像是一顶皇冠。

"你们想看看我其他的珠宝吗？"富有的女人问。

她的仆人拿来一只盒子并放到桌上。这位女士打开盒子，里面有成堆的像血一样红的红宝石，像天一样蓝的蓝宝石，像海一样碧绿的翡翠，像阳光一样耀眼的钻石。

这对兄弟呆呆地看着这些珠宝："要是我们的母亲能够有这些东西该多好啊！"

客人炫耀完自己的珠宝之后，自满而又怜悯地说："告诉我，康妮黎亚，你真的这么穷吗？什么珠宝都没有吗？"康妮黎亚坦然地笑道："不，我当然有珠宝，我的珠宝比你的更贵重。"客人睁大了眼睛："是吗？快拿出来让我看看吧！"母亲把两个男孩拉到自己的身边，她微笑着说："他们就是我的珠宝。难道他们不比你的珠宝更贵重吗？"

这两个男孩，特贝瑞斯和卡尔斯永远不会忘记他们母亲当时脸上骄傲的表情以及深深的爱意。数年后，他们成为罗马伟大的政治家，但他们仍然常常回忆起当年的这一幕。

好故事伴成长培养学生好习惯的50个成长故事

成长风铃

小朋友,当你听到康妮黎亚对客人说到孩子就是她最珍贵的珠宝时,有没有一种幸福的感觉从心间流过呢?是的,孩子是母亲最珍贵的珠宝,是母亲最引以为骄傲的珠宝。这种亲情是世界上其他任何东西都无法比拟的。

1. 认真听从父母的教诲,不辜负他们的期望。

2. 体贴父母。力所能及地做一些家务劳动,如帮助父母收拾饭桌、扫地等。

3. 理解父母。父母有时身体不舒服,小朋友应该尽心尽力地照顾他们,帮忙端茶递药等。

4. 外出时和家长道别,放学回家时先向父母问好,吃饭时先请父母入座并替父母盛好饭菜。

5. 孝敬祖父母和外祖父母,放学回家先到祖父母房间问好,帮他们做一些力所能及的小事,给他们讲一些校园里的所见所闻,吃饭时,先扶他们入座,恭恭敬敬地递上碗筷。

我的未来不是梦
——培养追求梦想的习惯

好故事伴成长培养学生好习惯的50个成长故事

成长故事

蒙迪·罗伯特是美国犹他州一所中学的学生,他出身贫寒,但性格乐观向上。

一天,老师比尔·克利亚给大家布置了一份作业,要求孩子们就自己的未来理想写一篇作文。蒙迪·罗伯特回家后,兴高采烈地开始写自己的梦想。他用了整整半夜的时间,写了七大张,详尽地描述了自己的梦。在作文中他写道,"我梦想将来有一天拥有一个牧马场。"蒙迪·罗伯特把自己梦想中的牧马场描述得很详尽,甚至画下了一幅占地200亩的牧马场示意图,有马厩、跑道和种植园,还有房屋建筑和室内平面设计图。

第二天他兴冲冲地将这份作业交给了克利亚老师。然而作业批回来的时候,蒙迪·罗伯特伤心地看到:老师在第一页的右上角打了个大大的"F"(差)。蒙迪·罗伯特觉得自己的功课完成得很出色,他想不通为什么只得了个"F"。下课后蒙迪去找老师询问原因。克利亚老师认真地说:"蒙迪,我承认你的这份作业做得很认真,但是你的理想离现实太远,太不切实际了。要知道你父亲只是一个驯马师,连固定的家都没有,经常搬迁,根本没有什么资本,而要拥有一个牧马场,得要很多的钱,你能有那么多的钱吗?"克利亚老师最后说:"如果你愿重新做这份作业,确定一个现实一些的目标,我可以考虑重新给你打分。"

蒙迪拿回自己的作业,去征求父亲的意见。父亲摸摸儿子的头说:"孩子,你自己拿主意吧,不过,你得慎重一些,这个决定对你来说很重要!"蒙迪考虑了一晚上,他决定坚持自己的梦想,即使老师给的成绩是"F"。从此以后,蒙迪一直保存着那份作业,本子上刺眼的"F"激励着蒙迪一步一个脚印不断地迈向自己的创业征程。后来蒙迪·罗伯特终于如愿以偿地实现了自己的梦想。

若干年后,克利亚老师带着他的30名学生去参观一个占地200多亩的牧马场,当登上一座面积达4 000平方米的建筑时,他发现,牧马场的主人就是曾经被他评价为梦想太不切实际的蒙迪。

成长风铃

有梦才会有希望。年少的我们总会拥有太多的梦想，尽管有些梦想看起来有些不切合实际，离它成为现实的那一天有些遥远。但是，只要有希望，我们就会有拼搏的激情，让我们守住自己的梦，勇敢地走下去，直至到达成功的彼岸。

1. 编织一个梦想。即使是一个不现实的梦想，对我们人生也有很深远的意义。梦想是我们心中最渴望实现的一种愿望。有了梦想，才有支持我们不断前进的精神力量，才有引导我们奋斗的指南针。

2. 为梦想而努力。不要让梦想成为白日梦，要向着梦想的方向努力，所有的事情，不要求做得最好，只要求做得更好。为了梦想，我们也许会牺牲很多代价，也有可能没能取得成功，但是只要我们努力过，就不会后悔。

3. 热爱祖国。"祖国兴盛，匹夫有责"，为了祖国的美好，每个人都要以一颗热爱祖国之心来行动。不管你的梦想是什么，都要以热爱祖国为原则来努力。

26 授人以渔
——培养与他人分享的习惯

成长故事

　　两个钓鱼高手一起到鱼池垂钓。这两个人各凭本事，一展身手，过了一会儿，都大有收获。忽然间，鱼池附近来了10多名游客。看到这两位高手轻轻松松地就把鱼钓上来，不免感到几分羡慕，于是都到附近去买了一些钓竿来试试自己的运气如何。没想到，这些不擅此道的游客，怎么钓也是毫无成果。

　　那两位钓鱼高手，个性完全不同。其中一人孤僻而不善言谈，单享独钓之乐；而另一位垂钓高手却是个热心、豪放、爱交朋友的人。爱交朋友的这位看到游客钓不到鱼，就说："这样吧！我来教你们钓鱼，如果你们学会了我传授的诀窍，而钓到一大堆鱼时，每10尾就分给我一尾，不满10尾就不必给我。"双方一拍即合，很快达成了协议。

　　教完这一群人，他又到另一群人中，同样也传授钓鱼术，依然要求每钓10尾回馈给他一尾。一天下来，这位热心助人的钓鱼高手，把所有时间都用于指导垂钓者，获得的竟是满满一大篓鱼，还认识了一大群新朋友，同时，左一声"老师"，右一声"老师"地被人围着，备受尊崇。

　　同来的另一位钓鱼高手，却没享受到这种服务于人的乐趣。当大家围绕着其同伴学钓鱼时，那人更显得孤单落寞。闷钓一整天，检视竹篓里的鱼，收获远远没有同伴的多。

好故事伴成长培养学生好习惯的50个成长故事

成长风铃

与别人分享成功的秘密，才能让更多的人为我所用，才能获得更大的成功。小朋友们不要吝惜自己的知识，只有跟别人多沟通多交流，把自己会的教给别人，再从别人那里学到新的知识，才能帮助我们共同进步。

1. 好吃的大家一起分享。当你有好吃的东西时，要和爸爸妈妈或同学朋友一起分享。这样做，你除了得到美味的食物，还会得到他们更多的爱。

2. 帮助别人。帮助别人是分享了别人的困难，一起克服困难，使困难变得容易了。帮助别人可以让别人快乐，同时也让自己有成就感，使自己感到快乐。

3. 和别人谈论开心的事情。一份快乐与别人分享就成了两份快乐。当你遇到开心的事情，在课间或放学的时候，不妨与同学们一起谈论一番，大家一同欢笑，不仅解除了学习的紧张感，也增进了友谊。

4. 一起做游戏。当你一个人踢球的时候，会越踢越没精神，那你为何不多找几个朋友一起来玩呢？一个足球可以给一群人带来快乐。

5. 把自己的知识和经验讲给同学们。如果你是一位学习很优秀的学生，那么，你也肯定是经常毫不保留地把知识讲给同学的人。在给同学讲解问题时，你的知识不会减少，反而会记得更加牢固，或者还会因此找到更好的思路呢。

美妙的声音
——培养克服困难的习惯

好故事伴成长培养学生好习惯的50个成长故事

成长故事

　　黎枫是一个高中生，我第一次看见他的时候，他正打着响指，声音清脆悦耳，我看到他只有一只右手，左臂空空荡荡，更让我吃惊的是，他的右手仅有两根指头，他竟用仅有的拇指和食指打出响指！

　　当我们成为朋友后，我渐渐地了解到他的一些情况。九岁那年，他因顽皮触碰到高压线，从此失去了左臂和右手的三根手指。开始的时候，他万念俱灰，年少的他心中充满了绝望。后来在父母及老师的开导下，他才渐渐平复下来。

　　有一次，一个伤残人报告团来市里作报告，父母打算带他去听，好让他知道别的伤残人是怎样奋斗的，以此鼓舞他的斗志。他很高兴。可第二天他又苦恼起来，父亲问他原因，他说："他们作报告的时候，我怎样为他们鼓掌呢？"

　　父亲看着他的眼睛说："两根指头也可以鼓掌呀！"那几天，他学会了打响指，听报告的时候，他以打响指代替鼓掌。

　　有一次他和同学们讨论理想，大家异常激动，有个同学站起来，两手握紧拳头大声说："我要用自己的双手去拼搏，我想成为一个企业家！"黎枫的眼睛立刻黯淡了，他的理想也是成为企业家，可他却不能像那个同学那样用双手去拼搏。

　　回到家中他一直闷闷不乐，在母亲关切的询问下，他讲了白天发生的事。母亲没说什么，默默地注视了他一会儿便转身向门外走。忽然，一枚硬币从母亲手中落到地上，发出了清脆的声响，他忙跑过去，把那枚硬币拾起来还给母亲，母亲握着那枚硬币说："孩子，你看，拾起钱两根手指就足够了！"他一下子愣住了，心中的震撼是无法形容的。

　　他对我说："从那以后我就明白了，拼搏不只是用双手，更重要的是要有一颗强大的心！"再一次看见黎枫的时候，他正用两根指头熟练地操作电脑。我们谈了好久，临别的时候，他打了一个响指和我再见。是啊，即使上天只给你两根手指，你也可以用它扼住命运的咽喉！

成长风铃

先天不足后天残疾都不是什么可怕的事情。任何路上的绊脚石，我们都可以克服。学着克服困难，做一个生活的强者吧！像故事中的黎枫一样，即使只有两根手指，也可以用它发出美妙的声音。

1. 培养克服困难的毅力。不论干什么总会遇到困难，但有毅力的人，不会轻易动摇，他会坚持把事情做到底。而没有毅力的人，遇到一点点困难，就很轻易地选择放弃。不管别人怎么说怎么诱惑，一定要坚持做完功课再出去玩。也许刚开始的时候很难做到，但是克服几次诱惑之后，你就会发现，自己开始变得越来越有毅力了。

2. 经常对自己说"我一定能坚持到最后！"。不要让困难成为你放弃的借口。无论是什么，咬紧牙关，坚持下去就是成功。

3. 经常独立解决问题。比如独立地解一道数学题，独立准备一段演讲词，独立地与别人打交道等等。独立性强了，遇到困难时，就不会去依赖别人，而是自己独立去面对它，克服它。克服困难变得不再艰难。

4. 请大家帮助。如果遇到的困难自己努力了还不能克服，就要请同学、老师或家长帮忙。

真挚的友情
——培养珍惜友谊的习惯

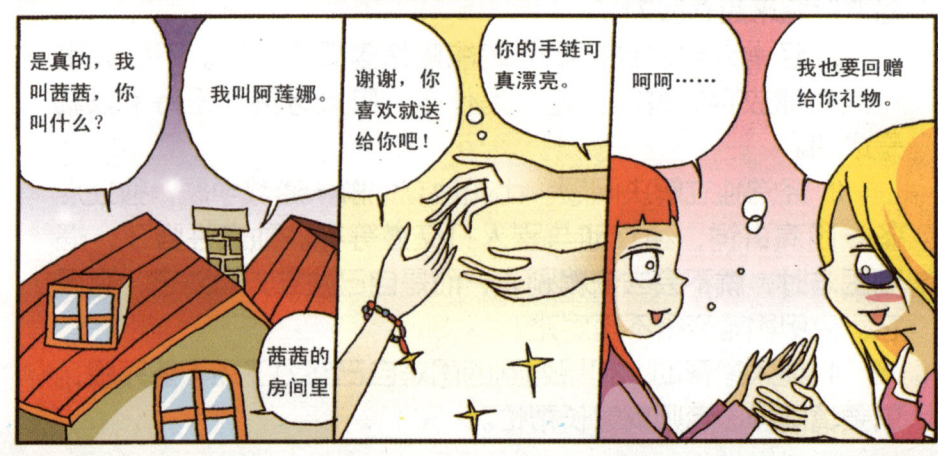

成长故事

苏格兰名作家及笑星劳得常对观众说:"你们比肩并坐了两小时,没有一个和邻座的人谈话!"观众觉得他的这句话很有道理。于是,现场很多人都转过头来和邻座交谈。就是这么简单容易。一句话,一个微笑,邻座的人就可能成为自己的朋友。在我们的一生中,时常会因为太自高自大,或者太自惭形秽而得不到友情。

有一次,大风雪后,积雪满街,交通中断。我们公寓大楼中的煤用完了,食品杂货店的人没送货来,没有自来水,电梯也因故障而不动。从来没有交谈过的邻居们相互敲门,愿意接济食物、牛奶、唱片等等。有户人家举行舞会,使我们大家兴致热烈起来。参加舞会的人从11岁到75岁的都有。我们这才发现,大楼的管理员会弹钢琴。当时我想:如果平时能有这种友好互助的精神,那幢大楼中每天的日常生活会多么有声有色!

你在旅行时当然可以拒人于千里之外,但是,那种态度也使你不能享受众人之乐。你如果看不到世人的内心,你就看不到世界。打开袜盒让顾客挑选的女店员、街头值勤的警察、公共汽车司机、电梯司机,他们都是有个性的人,每个人都有一个丰富的内心世界。我们大多数人总是陷入刻板的生活,每天见同样的那几个人,和他们谈同样的事。其实,和陌生人谈话,特别是和不同行业的人谈话,更能给你提供新的经验和感受。乡野的农人,偏僻地点加油站的工人,抱着孩子的母亲,都能使我衷心愉悦,觉得世界上充满了生机。

我认识的一位妇人乘火车西行,在中途一个荒野小镇停车时下车散步。这时东行的火车也抵站,两列车有很多的乘客在车站上悠闲踱步。她看到一位面带笑容的男子,两人便谈起话来,一同散步,火车鸣笛催促乘客上车时,那男子说:"我们也许从此不会再见面了。"他们握手道别,但却登上了同一列心灵火车!其后许多年,他们互相通信,直到离世。两人所求的不是恋情,而是珍贵的友情。

问问你自己:你的知己中,有几个是经过正式介绍而认识的?我记得我在一处海滩认识的鲍尔德,当时他从水中走上来,而我正要走下水去。我在纽约一家餐馆遇到艾伯特,是他正在看一本我极为欣赏的书时认识的。我在大峡谷遇到戈登,他初睹奇景,急欲找人一谈,就在他对我一吐为快时,我们相识了。

好故事伴成长培养学生好习惯的50个成长故事

成长风铃

人们的性格各有不同：有的开朗，有的孤独，有的抱着希望，有的烦恼沉郁。在人生的漫长旅途中，不论心情如何，我们都需要伙伴，需要友情。原本只是擦肩而过的陌生人，只要有一个人伸出友好的手来，就能够成为朋友。小朋友也应该友好地对待别人，感受人生的美好。

1. 诚实守信。如果你答应了他人，一定要记住，或把它写下来，时刻提醒自己，并努力按照约定时间去完成。记住，答应别人的事情一定要放在心上，拖拖拉拉也是不守信用的表现。

2. 乐于助人。充满爱心的人才能受到别人的喜爱和尊重。我们要尽力去帮助他人，要知道帮助别人就是帮助自己。只有付出爱心，才会收获爱。

3. 对朋友要宽容。当朋友做错时，你要站在他的立场上为他想一想，如果是无心或因意外才做错的，那你一定要原谅他。

4. 真诚地赞美别人。你当看到朋友的优点时，要真心地把赞美的语言说出来。你那愉悦的赞美，会给朋友带来快乐，加深你们的友谊。

5. 不说朋友坏话。如果朋友有了错误或缺点，你可以真诚地提出一些对他有帮助的建议。这样朋友会很感激你。

冬天里不可砍树
——培养不轻言放弃的习惯

好故事伴成长培养学生好习惯的50个成长故事

成长故事

无论是雨伞还是水车，它都曾承载着一个人的梦想，然而，梦想的实现不是那么轻而易举的，需要坚持不懈的努力。认准一个目标，就不要轻言放弃，否则，见异思迁，永远都不会成功。

一个孩子与父亲一起来到一个小农场。孩子在玩耍时发现几棵无花果树中有一棵已经死了。它的树皮已经剥落，枝干也不再呈暗青色，完全枯黄了。孩子伸手碰了一下，只听"叭嗒"一声，枝干折断了。

孩子对爸爸说："爸爸，那棵树早就死了，把它砍了吧！我们再种一棵。"可是爸爸阻止了孩子。他说："孩子，也许它的确是不行了。但是冬天过去之后它可能还会萌芽抽枝，它正在养精蓄锐呢！记住，孩子，冬天不要砍树。"

果然不出父亲所料，第二年春天，这棵像是已经死去的无花果树居然真的重新萌生新芽，和其他树一样在春天里展露出生机。其实这棵树真正死去的只是几根枝杈，到了夏天，整棵树枝繁叶茂，绿荫宜人，和其他的伙伴并没什么差别。

那个孩子后来成了一名小学教师。在他二十多年的教学生涯中，不止一次地遇到类似的情形。小时候背起字母来都结结巴巴的皮埃尔，现在竟成了一位小有名气的律师；而当年那位最淘气、成绩差得一塌糊涂的巴斯克，后来是大学的优等生，毕业后自己创办了一家红火的公司。

最不可思议的是自己的儿子布朗。他幼时不幸患了小儿麻痹症，几乎成了废人。可是小学教师记住了爸爸的话，不放弃对儿子的希望，一直鼓励他不要灰心丧气。现在，布朗顺利地完成了大学课程，担任了公共图书馆的管理员。要知道，布朗只有左手的三个手指能动弹，就是扶一扶鼻梁上的眼镜也十分困难！

"冬天里不可砍树"这句话一直鼓舞着当年的那个小男孩，他靠着这句话顺利地度过了一个又一个家庭和事业上的危机。只要不轻易放弃，凡事都有转机。

成长风铃

不要武断地下一个结论。要知道，任何事物都是在不断变化发展的。此中的道理就像故事中那个父亲教小男孩的"冬天不要砍树"，或许到了春天，几近枯死的树木又是枝繁叶茂了。永远都不要放弃，坚持下去，就会迎来生命的春天。

1. 不忽略小事，从点滴做起。每天我们都有很多事情需要做，优先完成最基本的事情，尽管它们不是什么大事。例如，认真做完每一次作业，无论课堂上的或者是课下的，包括实践活动的作业；认真做完为班集体或同学做的每一件事情。

2. 制订具体的目标。做完一件事情通常指达到了我们的预期目标。如果目标不清楚，或者与我们的知识能力水平相差很远，那么，这类目标就难以完成，也就不可能做到有头有尾。只有经过努力可以实现的目标，才可能做到有头有尾。

3. 无论结果如何，坚持到底。有些事情开始常常比较顺利，做得很好，但后来遇到困难了，可能很难达到你预期的效果。在这种情况下，你千万不可轻易放弃，半途而废。一方面，因为你坚持的过程中，也许能够使事情朝好的方向发展；另一方面，即使结果仍不理想，努力把这件事情做完就是你的成功，而且，你的意志力也就得到磨炼。

4. 学会自我监督和自我激励。做事情持之以恒，真正的约束来自自身，在确定目标和计划之后，执行任务的过程中，我们要不断自我检查、监督。这样，对于做得不够好的地方，及时请父母、老师给予帮助，进行积极调整和弥补；对自己做得好的地方给予肯定，也可以给自己一些小小的奖赏。

30 痛感与生命
——培养坚强的习惯

成长故事

一位妇人，她几乎经历了一个普通女人所能经历的所有不幸：幼年时父母先后病逝，好不容易找到了工作，又因不同意做厂里某领导人的儿媳而被排挤出厂门。嫁了个当兵的丈夫，婆婆却对她十分苛刻，婆婆过世后丈夫又因外遇弃她而去。现在，她领着女儿独自度日，日子似乎过得十分平静。

一个阳光明媚的日子，她的朋友去她家闲坐，女儿在一边玩耍。她们边聊天边和小姑娘逗笑，不经意间触动了往事。朋友赞叹她遭遇这么多挫折却活得如此坚强平和，她笑笑，给朋友讲了一个故事。

两个老裁缝去非洲打猎，路上碰到一头狮子，其中一个裁缝被狮子咬伤了，没被咬伤的那位问他："疼吗？"受伤的裁缝说："当我笑的时候才感到疼。"

"我也是这样的，"妇人对朋友笑道，"我被狮子咬了许多口，但我的一贯原则是：忍着痛，笑也好，哭也好，只要有感觉就有生命，只要有生命就有灵魂，只要有灵魂就有生存的意义、希望和幸福。"

朋友惊讶地望着她那饱经沧桑的脸，仿佛那是一扇视线极阔的天窗。

成长风铃

人间的悲剧,可以说是五花八门,各式各样。没有一桩不使人落泪,只有坚强的人才能一笑了之。当所有的泪水都无法改变既成的事实,我们只能选择坚强。其实悲剧也会在坚强的一笑之下而成为过去。

1. 用自己所了解的英雄伟人的事迹与自己的行为对比,从另一个角度去认识问题,让自己坚强地面对事情。

2. 坚强地面对失败。每个人的一生都会遇到挫折和失败,有些人成功了,而更多的人是失败了。成功和失败的分水岭就是坚强。如果你坚强地面对,你就会走近成功。

3. 用积极的心态面对痛苦的事情。对待失败,不止要坚强地面对它,还要用积极乐观的心态去思考。对于同样拿到不及格试卷的两个同学来说,一个会想:既然学不好,就不学这门功课了,把精力用到其他的功课上算了。另一个想:现在知道哪方面学习得不扎实,马上补回来应该还来得及。现在学习的都是基础,如果把一门功课丢下,那么以后的学习就更困难。

4. 面对困难时多微笑。微笑可以减轻压力,缓解紧张的神经。微笑可以让你在即将放弃的时候,重拾信心,找到克服困难的办法。

玉米和漏斗
——培养专心做好一件事的习惯

好故事伴成长培养学生好习惯的50个成长故事

成长故事

有一位年轻的画家，小有名气，曾经在国内外举办过多次画展，并几次获奖。

有一次在朋友聚会上，有人问他："你为什么这么年轻就取得了这么高的成就呢？"

他微笑着说："因为我很小的时候就专心学画，况且十几年来始终如一。"随后，他讲了自己儿时经历过的一件事情。

小时候，他兴趣非常广泛，也很要强，画画、拉手风琴、游泳、打篮球，样样都学，样样都会，并且还要求自己都要得第一。这当然是不可能的，于是，他整天闷闷不乐，心灰意冷，学习成绩也因此一落千丈。有一次期中考试成绩竟排到全班的最后几名。

父亲知道后，并没有责骂他。晚饭之后，父亲把一个小漏斗和一捧玉米种子放在桌子上。告诉他说："今晚，我要给你作一个试验。"父亲让他双手放在漏斗下面接着，然后捡起一粒种子投到漏斗里面，种子顺着漏斗滑到了他的手里。父亲投了十几次，他的手中也就有了十几粒种子。然后，父亲抓起满满一把玉米粒一下子放到漏斗里面，玉米粒相互挤着，竟一粒也没有掉落下来。

父亲意味深长地说："这个漏斗代表你，假如你每天都能做好一件事，每天你就会有一粒种子的收获。可是，如果你想把所有的事情都挤到一起来做，反而连一粒种子也得不到。"

20多年过去了，他一直铭记着父亲的教诲：专心做好一件事，你才会有所收获。

成长风铃

是啊，我们的理想就像是漏斗里的玉米，纵然有很多，也需要一粒一粒地落下。一个人的能力是有限的，梦想也是需要我们一个一个去实现的。实现梦想，需要我们静下心来，踏实地做好每一件事。播种一个希望，才能收获一个梦想。

1. 培养一项特长。具备特长或才艺已经是社会对人才的广泛要求，所以我们从上小学起，除了将每一门功课学习好之外，还应培养一项特长，使自己以后的发展空间更广阔。

2. 专心致志学习，全心全意玩耍。专心做好每一件事情，就要求学习时专心学习，玩耍时专心玩耍，劳逸结合，既锻炼了身体，学习时也更加有精神。

3. 多个目标，逐个攻破。将梦想和目标分成一些小的步骤，专心地完成每一个步骤，将会一步步接近最终的目标。

32 学会倾听的小猫
——培养耐心听他人说话的习惯

成长故事

有一天,猫妈妈把小猫叫来,说:"你已经长大了,三天之后就不能再吃妈妈的奶了,要自己去找东西吃。"小猫惊恐地问妈妈:"妈妈那我该吃什么东西呢?"

猫妈妈说:"你要吃什么食物,妈妈一时也说不出来,就用我们祖先留下的方法吧,这几天你躲在屋顶上、梁柱间、箱笼里、陶罐边,仔细倾听人们的谈论,他们自然会教你的。"

第一天晚上,小猫躲在梁柱间偷听,一个大人对孩子说:"小宝,把鱼和牛奶放在冰箱里,小猫最爱吃鱼和牛奶了。"

第二天晚上,小猫躲在陶罐边,听见一个女人对男人说:"老公,帮帮忙,把香肠、腊肉挂在梁上,把小鸡关好,别让小猫偷吃了。"

第三天晚上,小猫躲在屋顶上,从窗户里看到一个妇人叨念自己的孩子:"奶酪、肉松、鱼吃剩了,也不收好,小猫的鼻子特别灵,明天你就没的吃了。"

就这样,小猫每天都非常开心,它回家告诉猫妈妈:"妈妈,果然像您说的一样,只要我留心倾听,人们每天都会告诉我该吃些什么。"

靠着听别人的谈话,学习生活的技能,小猫终于成为身手敏捷、肌肉强健的大猫,它后来有了孩子,也是这样教导孩子的。

好故事伴成长培养学生好习惯的50个成长故事

成长风铃

小朋友现在还生活在父母的羽翼之下，但是总有一天你们将独立感受生活。那时，你们会不会感到茫然、不知所措呢？其实在生活的路上，耐心倾听能带给我们很多意想不到的收获，它也会成为你学习生活、了解世界的一个很好途径。

1. 注意倾听他人说话，能获得他人的好感，使别人信赖你、喜欢你。

2. 倾听他人说话，是尊重他人，同时也能得到他人的尊重。

3. 仔细倾听他人的讨论。不要因为心里想着事情就忽略他人的讨论，因为很可能焦点早已转移到其他新议题了。因此，应眼到、心到、耳到，积极参与他人讨论。

4. 倾听他人陈述或表达意见时，避免不当的肢体语言，例如突然双手交叉摆在胸前并且往后退，代表着你正抗拒或不同意他人的观点。

33 放下心中的石头
——培养敢于承认错误的习惯

好故事伴成长培养学生好习惯的50个成长故事

成长故事

弗雷德捡到一把精致的小刀,他一直梦想拥有一把这样的小刀。尽管这并不是他的,但这是他捡到的。强烈的占有欲使他放弃了想要寻找失主的打算。

有一天,当他自豪地向汤姆展示那把精致的小刀时,汤姆怀疑地说:"这把刀好像是佩里医生的。"

"你别瞎猜。"弗雷德马上反驳。说实话弗雷德一点也没有因为得到这把刀子而感到高兴,他总是提心吊胆的,害怕有一天失主认出了这把刀子。

在暑假结束前,弗雷德找到了佩里医生。当弗雷德到佩里医生家里的时候,他正要出去给病人看病。

"这是您的刀子吗,先生?"弗雷德紧张地问,并把手中拿着的那把小刀递给佩里医生看。

"是的,"佩里医生回答,"但这把刀子已经丢失好多天了,我还以为找不到了呢,所以我又重新买了一把。"

"是我捡到了它,先生,"弗雷德说,"尽管我很喜欢,但它不是属于我的,我已经把它藏了好多天了,现在我要把它还给你。好了,我要出去玩了,再见。"

"等等!"医生叫住他,"你真是一个诚实的孩子。现在我已经有一把新的了,这把就送给你好了。"

"哦?真的吗?我这不是在做梦吧?谢谢你佩里医生,谢谢!"

弗雷德高兴极了,因为现在他可以名正言顺地向伙伴们展示这把精致的刀子了。

成长风铃

诚实是一种美德,正直诚实的孩子不会占有不属于自己的东西。拿了不属于自己的东西,得到的并不是拥有的快乐,而是每天的提心吊胆,所以,不属于自己的东西,即使对我们有再大的诱惑,也不要去占有,放下心中的石头,才可以轻装上阵。

1. 对待错误要有正确的心态。在日常生活中犯错误是难免的,只要能敢于承认错误,就是一个值得信赖的人。所以对错误不要有恐惧心理,而应调整好自己的心态,正确地认识。只有如此,才能勇于承认自己的错误。

2. 承认错误就够了吗?当然不是。简单地说一句"我错了"是远远不够的,不妨多问自己几个问题:"我错在哪了呢","需要如何改正呢"。

3. 对于他人的建议、批评要勇于接受。旁观者清,往往身边的朋友比你更能认清你的缺点和错误。对于他人的建议,不要认为丢了面子和尊严,相反,正是这些逆耳的忠言铺就成功的垫脚石。多想想别人说的有没有道理,再思考如何改正。

4. 在勇于承认错误的同时,善于认清自身的价值。承认错误不等于全盘否认,每个人都有犯错误的时候,一次错误,只要不危及自己或他人的生命,并不等于画上人生的句号。相反,它还可能帮助你完善自身。所以要以乐观的态度对待,相信自身的存在价值。

34 学会感恩
——培养感恩的习惯

成长故事

有一年圣诞节，神父要把人们捐来的东西分发给城里的穷人，贫民区的好多穷人都去了，杰克也不例外，虽然大家都显得兴高采烈，可是杰克的心情依然很平静。

大家随着神父来到了一个贮藏室，神父指着一屋子的东西说："你们自己随便挑选吧，不过每人只能挑选一样。"

大家都认真地挑选着自己喜欢或急需的东西。可是杰克对这些东西却不那么热心，而且他脸上还逐渐显露出失望的神情。

"怎么，孩子，这么多东西竟然没有一件你喜欢的？"神父显然有点失望。

"不，神父，我在寻找生活中更需要的一件东西。"

"是吗？这些都是生活中的必需品，难道你不需要吗？"

"啊，我找到了！"杰克终于在一个书堆里找到了一本书，书名叫《学会感恩》。

其他人纷纷笑起来，连神父也有些惊讶。

"那只是一本旧书，不值钱的，你拿去根本没有什么用处。"神父说。

"不，尊敬的神父，这就是我要挑选的礼物，我要把它带给我的孩子们，让他们从小就学会感恩。"

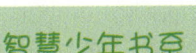

好故事伴成长培养学生好习惯的50个成长故事

成长风铃

心怀感恩的人才是最快乐的人，因为懂得感恩的人，知道如何去孝敬父母，如何善待朋友，如何去关心他人，如何去感谢朋友们为他所做的一切……生活中需要我们感激的太多，我们的父母，我们的师长，我们的朋友……不需要表示，有这种心态就够了。

1. 遇到困难时，别人给你帮助，你要说"谢谢"！
2. 乘坐公共汽车时，别人给你让座，你要说"谢谢"！
3. 请求别人给你帮助时，你要说"谢谢"！
4. 接受礼物时，你要说"谢谢"！
5. 医生给你看病，你要说"谢谢"！
6. 电梯工给你开电梯门，你要说"谢谢"！
7. 父母送你上学，你要说"谢谢"！
8. 老师教给我们知识，你要说"谢谢"！

35 目标
——培养做事有目标的习惯

好故事伴成长培养学生好习惯的50个成长故事

成长故事

　　1984年，在东京国际马拉松邀请赛中，名不见经传的日本选手山田本一出人意料地夺得了世界冠军。当记者问他凭什么取得如此惊人的成绩时，他说了这么一句话：凭智慧战胜对手。

　　当时许多人都认为这个偶然跑到前面的矮个子选手是在故弄玄虚。马拉松赛是对体力和耐力要求很高的运动，只要身体素质好又有耐性就有望夺冠，爆发力和速度都还在其次，说用智慧取胜确实有点勉强。

　　两年后，意大利国际马拉松邀请赛在意大利北部城市米兰举行，山田本一代表日本参加比赛。这一次，他又获得了世界冠军。记者又请他谈经验。山田本一性情木讷，不善言谈，回答的仍是上次那句话：凭智慧战胜对手。在报纸上这回记者没再挖苦他，但对他所谓的智慧迷惑不解。

　　几年后，这个谜终于被解开了。他在自传中写道：每次比赛之前，我都要乘车把比赛的线路仔细地看一遍，并把沿途比较醒目的标志画下来，比如第一个标志是银行；第二个标志是一棵大树；第三个标志是一座红房子……这样一直画到赛程的终点。

　　比赛开始后，我就以百米的速度奋力地向第一个目标冲去，等到达第一个目标后，我又以同样的速度向第二个目标冲去。40多公里的赛程，就被我分解成这么几个小目标轻松地跑完了。

　　起初，我并不懂这样的道理，我把我的目标定在40多公里外终点线上的那面旗帜上，结果我跑到十几公里时就疲惫不堪了，我被前面那段遥远的路程给吓倒了。"

成长风铃

在现实中，我们做事之所以会半途而废，往往不是因为难度较大，而是觉得成功离我们太远，总是还没发挥到全力就已经失去耐性了。但是如果先将成功一点点分解，虽然每次得到的只是微不足道的一点点，但是只要一次又一次地积累下去，最终就一定能够获取圆满的成功。

1. 做事前树立长远目标。目标是行动的指引灯，会引领你一直向前看，少走弯路。目标和梦想不同之处，就在于目标比梦想更真实，更容易实现。

2. 在大的目标内，设定小目标。小目标很容易实现，实现了一个个小目标时，自己就有了成就感，这会给自己带来信心和鼓励，更加坚定地实现总目标。

3. 要不断地调整目标，挑战自我。爱迪生刚发明电灯时，人们都来表示庆贺。但他还是不满足地说："现在它只能亮45个小时，再过些日子我就要让它亮100个小时。"最终，他的目标一步比一步高，最终，他的样灯寿命达到了1589小时。

36 白色的金盏花
——培养坚持不懈的习惯

成长故事

从前，金盏花除了金色的就是棕色的，根本没有其他颜色。但是一则园艺启事却用重金征求纯白色金盏花，这在当地引起一时轰动，高额的奖金让许多人趋之若鹜。但在千姿百态的自然界中，能培植出白色的金盏花，实在不是一件易事，所以许多人一阵热血沸腾之后，就把那则启事抛到九霄云外去了。园艺所重金征求的事，也就没有了眉目。

一晃二十多年过去了。一天，那家园艺所意外地收到了一封热情的应征信和一粒纯白色金盏花的种子，而此时早已超过了当时的应征期限。当天，这件事就不胫而走，引起轩然大波。

寄种子的原来是一个年迈的老人。老人是一个地地道道的爱花人。当她二十多年前偶然看到那则启事后，便怦然心动。她不顾儿女们的一致反对，义无反顾地干了下去。她撒下了一些最普通的种子，精心培育。一年之后，金盏花开了，她从那些金色的、棕色的花中挑选了一朵颜色最浅淡的，任其自然枯萎，以取得最好的种子。次年，她又把取得的种子种下去，然后，再从这些花中挑选出颜色更淡的花的种子栽种……日复一日，年复一年。

终于，在二十多年后的一天，她在那片花园中看到一朵金盏花，它不是近乎白色，也并非类似白色，而是如银如雪的纯白。于是，一个连专家都解决不了的问题，在一个不懂遗传学的老人的长期努力下，最终迎刃而解。

好故事伴成长培养学生好习惯的50个成长故事

成长风铃

白色的金盏花，似乎遥不可及，可竟然在一个老太太的精心培育下于二十余年后变成了现实，这需要一种怎样的精神！不争的事实仿佛只证明了一件事，那就是：只要认准了，就不要放弃，坚持下去，就有梦想成真的那一天。

1. 做事情一定要坚定自己的目标。这是培养毅力的第一步，也是最重要的一步。强烈的动机可以驱使你克服许多困难。

2. 要有强烈的渴望。只有当你急切地想实现你的目标时，你才有实现目标的动力，它会促使你坚持到底。

3. 相信自己。信心可以鼓舞人坚持目标，永不放弃。

4. 和鼓励自己的人建立友好的关系。他会激励你努力奋进。

5. 给自己一点暗示。当你觉得快要退缩的时候，给自己一点暗示，比如实现你的目标之后你将会得到什么奖励等。

37 三条忠告
——培养勤于思考的习惯

好故事伴成长培养学生好习惯的50个成长故事

成长故事

　　一次，一个猎人在森林里捕获了一只奇特的鸟，它会说话。

　　鸟儿挣扎着说："你放了我吧，我能说70种语言，非常聪明。只要你放了我，我将给你3条忠告。"

　　"你先告诉我，"猎人回答道，"我发誓我会放了你。"

　　鸟儿同意了。"第一条忠告是，"鸟儿说道，"自己做的事做完之后，就不要后悔。"

　　"第二条忠告是：不管什么人告诉你一件事，如果你认为是不可能的就不要相信。"

　　"第三条忠告是：不要轻易爬高，爬不上去就不要费力去爬。"

　　说完后，鸟儿对猎人说："我对你的忠告就是这些。该放我走了吧？"猎人想想自己的誓言，把鸟儿放了。

　　鸟儿飞起后落在一棵大树上，冲着猎人喊道："你真愚蠢，你放了我，但你并不知道我的嘴里有一颗价值连城的大珍珠，正是它让我这样聪明的。"

　　这个猎人听完，狠狠地捶了捶自己的脑袋，后悔不迭：自己怎么就没有想到它聪明的根本原因呢？他想再次捕获这只鸟，于是跑到树跟前往上爬。但是那棵树实在是太高了，爬到一半时，他不小心一松手就掉了下来，重重地摔在了地上。

　　鸟儿嘲笑他并向他喊道："我刚才给你的忠告你全忘记了。你相信像我这样一只小鸟的嘴里会有一颗很大的珍珠，你忘记了第二条；你把我放了，又后悔，你忘记了第一条；你不甘心，又爬上树来抓我，你忘记了第三条。所以你摔到地上是咎由自取。"

成长风铃

猎人的错误在于,他本已宽容地放了鸟儿,但又被鸟儿的诱惑蒙蔽,更没有动脑筋思考,也没记住鸟儿的忠告。所以我们一定要牢牢记住这个故事的教训,做任何事情都不要凭一时冲动,一定要先动脑筋想想。对聪明的人来说,一次教训比蠢人受100次鞭挞还深刻。

养成善于思考的习惯,可以从以下几方面做起:

1. 端正思考态度。不要认为自己聪明就懒于思考,对任何东西都不加思考地发表看法是非常错误的,对待问题要养成认真思考的习惯,这样可以让你的思维更加灵活和严密。

2. 随时随地进行思考。无论是去博物馆,还是读书看电影等,都要提出一些问题,多问几个为什么,开动大脑认真进行思考。

3. 全面思考问题。对什么事物,都要仔细考虑到它们的优缺点以及是否有吸引力,是否可以参考等。

4. 勤于归纳,触类旁通。学习的过程就是将一点一滴的知识聚集起来的过程。把所学的知识进行合理归纳,不必重复学习同样的东西,学会举一反三会为你节省不少的时间。

38 复原的花瓶
——培养独立自主的习惯

成长故事

有一个穷人为农场主做事，有一次，穷人在擦桌子时不小心碰碎了农场主一只十分珍贵的花瓶。

农场主向穷人索赔，穷人哪里能赔得起。最后被逼无奈，只好去教堂向神父讨主意。神父说："听说有一种能将破碎的花瓶粘起来的技术，你不如去学这种技术，只要将农场主的花瓶粘得完好如初，不就可以了。"

穷人听了直摇头，说："哪里会有这样神奇的技术？将一个破花瓶粘得完好如初，这是不可能的。"

神父说："这样吧，教堂后面有个石壁，上帝就待在那里，只要你对着石壁大声说话，上帝就会答应你的。"

于是，穷人来到石壁前，对石壁说："上帝请您帮助我，只要您帮助我，我相信我能将花瓶粘好。"

话音刚落，上帝回答了他："能将花瓶粘好，能将花瓶粘好……"

穷人听后信心百倍，辞别神父，学粘花瓶的技术去了。

一年以后，这个穷人通过认真学习和不懈努力，终于掌握了将破花瓶粘得天衣无缝的本领。他真的将那只破花瓶粘得像没破碎时一般，还给了农场主。之后他找到神父，要感谢上帝。神父将他领到了那座石壁前，笑着说："你不用感谢上帝，你要感谢就感谢自己。其实这里根本就没有上帝，这块石壁只不过是块回音壁，你所听到的上帝的声音，其实就是你自己的声音；你就是自己的上帝。"

好故事伴成长培养学生好习惯的50个成长故事

成长风铃

人的一生，难免会遇到艰辛和挫折，还有各种厄运和不幸，在危难来临的时候，不要总想着去依靠别人，要知道，最终能拯救自己的，只能是自己。相信自己的力量，即使我们的人生千回百转，也不要停下追求的脚步，跨过去，前方就是一片蓝天。

1. 学习基本的生活技能，包括整理学习用品，收拾自己的房间，做简单的饭，自己睡觉等。

2. 遇到困难时，要尽量自己去完成，如果努力之后还克服不了，再请别人帮忙。比如衣服脏了要自己洗，冬天的衣服太大了洗不了再让妈妈帮忙洗。

3. 充分利用自由时间。除了课堂、睡觉和其他的固定时间外，我们还有很多时间可以支配。有些孩子一会画画，一会读课外书，一会玩游戏，各方面都很优秀，还有些孩子忙来忙去最终什么也没做好。这个差别就在于自己会不会列时间表，充分利用好时间。

4. 自己解决冲突和矛盾。比如在学校排练节目，几个同学出现了不一致的意见，大家就可以公平地讨论，最后找到解决的办法，而不需要让老师来解决。

爱的力量
——培养有爱心的习惯

 好故事伴成长培养学生好习惯的50个成长故事

成长故事

　　25年前,有位社会学教授,曾叫班上一群学生到一个贫民窟,调查200名男孩的成长背景和生活环境,并对他们未来的发展作一个评估,每个学生得出的结论都相同:"这些贫民窟的男孩不会有出头之日的。"

　　25年后,其中一个学生成了教授,他无意中在办公室的档案中发现了这份研究报告,他很好奇地想知道这些男孩的现状到底如何,因此他叫自己的学生继续作追踪调查。

　　调查的结果是:这些男孩已经长大成人,除了有20人或搬迁或过世,剩下的180人中有176名都有很好的工作,而且还有一部分人成就非凡,其中担任律师、医生和企业家的比比皆是。

　　这个结果令社会学教授颇感惊讶,决定深入调查此事。他拜访了当年被评估的那些人,问道:"你今日能成功的最大原因是什么?"结果每个人都不约而同地回答:"因为我遇到了一位好老师。"

　　教授终于找到了这位虽然年迈,但仍然耳聪目明的老师,请教她到底用了什么办法,能让这些在贫民窟长大的孩子个个出人头地。

　　这位老太太眼中闪着慈祥的光芒,嘴角带着微笑回答道:"其实也没什么,我爱这些孩子,我尽力给他们尽可能多的文化知识和做人的道理,事情就是这样的。"

成长风铃

确实,"爱"可以改变一个人和他的一生,也能够使悲惨的人从宿命的诅咒中脱离出来。因为爱可以融化冷漠和绝望,也可以为身边的人带来幸福与希望。爱可以创造人间的种种奇迹。

1. 撒播爱心,首先从帮助自己身边的人做起,帮助自己的爸爸妈妈、兄弟姐妹、左邻右舍等。

2. 把同学看作自己的亲人。每个同学在家里都有父母照顾,到学校就只能互相照顾了,大家应该像兄弟姐妹一样互相帮助。

3. 把你的零花钱捐给希望工程,至少可以给那些渴望知识的孩子买一本书。把你衣橱里很久没穿的衣服捐出去,至少可以让一个贫穷的孩子免受寒冷的折磨。

4. 你可以用你想到的任何一种方式去帮助大家,总之,你帮助的人越多,你的人缘就越好,你也就越快乐。

小和尚买油
—— 培养轻松面对压力的习惯

成长故事

从前，山中有一座庙，庙里住着一些和尚。

一天，一个大和尚派一个小和尚下山去买油。临行前，大和尚给了他一个大碗，并大声警告他："你一定要小心，千万不要让油洒出来。"

小和尚点了点头，然后迅速地跑下了山，到大和尚指定的地方去买油。在上山回庙的路上，他想到大和尚严厉的警告和凶恶的表情，禁不住打了一个哆嗦。他小心翼翼地端着装满油的大碗，越走越紧张。眼看快要走到庙里，他不小心撞在一棵树上，油洒掉了四分之一，小和尚感到害怕了，手脚抖得厉害。等回到庙里时，碗中的油只剩了一半。

大和尚非常恼怒，用手指着小和尚的鼻子骂道："你真是太笨了！为什么连这点小事都做不好？你看你浪费了多少油，真是太让人气愤了！"

小和尚难过地哭了。

一位老和尚听到哭声，赶忙走了过来。当他知道了事情的原委后，就把小和尚叫到了一边，笑着对他说："我再派你去买一次油，这次我要你多加留意沿途的见闻，并且回来向我详细描述一下。"

小和尚不想再去了，他说自己太笨了，根本就不可能做到那些事。但是最终，小和尚还是被老和尚说服了，他决定再试一试。

在回来的途中，小和尚发现，路上的景色真是太迷人了。蔚蓝的天空中漂着朵朵白云，远方有雄伟的山峰。鸟儿站在树上不停地唱着歌，蝶儿互相追逐，在花丛中嬉戏……小和尚被眼前的美景陶醉了，他不知不觉地回到了庙里。当小和尚把油交给老和尚时，竟发现油一点儿也没洒，仍是满满的一碗。

 好故事伴成长培养学生好习惯的50个成长故事

成长风铃

只有在没有压力的时候，我们才可以从容地做好一件事。而当我们被压力包围时，一件很简单的事也会被自己弄砸。因此，无论我们要干什么，一定要轻松面对，不要给自己施加太多的压力，否则只能适得其反。

轻松对待考试：

1. 做好准备！全面复习所有内容。
2. 在考试前的那个晚上睡个好觉。
3. 考试前要留有充足的时间做需要做的事情，以确保早一点到达考场。
4. 不要饿着肚子进考场。
5. 随身带一块糖果或其他营养品，也许可以帮你解除些紧张。
6. 改变坐的姿势，尽量使自己放松。
7. 当有学生开始交卷时，你不必惊慌。老师不会给先交卷的学生任何奖励。

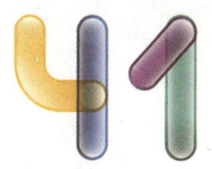

万人的名字
——培养记住朋友名字的习惯

好故事伴成长培养学生好习惯的50个成长故事

成长故事

吉姆·佛雷10岁那年，父亲因意外而丧生，留下他和母亲及另外两个弟弟。由于家境贫寒，他不得不很早就辍学，到砖厂打工赚钱贴补家用。他虽然学历有限，却凭着爱尔兰人特有的热情和坦率，处处受人欢迎，进而转入政坛。

他连高中都没读过，但在他46岁那年就已有四所大学颁给他荣誉学位，并且高居民主党要职，最后还担任邮政首长之职。

有一次有记者问起他成功的秘诀，他说："辛勤工作，就这么简单。"记者有些疑惑，说道："你别开玩笑了！"

他反问道："那你认为我成功的原因是什么？"

记者说："听说你可以一字不差地叫出1万个朋友的名字。"

"不，你错了！"他立即回答道，"我能叫得出名字的人，少说也有5万人。"

这就是吉姆·佛雷的过人之处。每当他刚认识一个人时，他定会先弄清他的全名、他的家庭状况、他所从事的工作以及他的政治立场，然后据此先对他建立一个概略的印象。当他下一次再见到这个人时，不管隔了多少年，他一定仍能迎上前去在他肩上拍拍，嘘寒问暖一番，或者问问他的老婆孩子，或是问问他最近的工作情形。有这份能耐，也难怪别人会觉得他平易近人，和善可亲。

成长风铃

小朋友有没有叫错过同学或者朋友的名字呢?当你们自己被别人叫错名字的时候,又是什么感受呢?是不是很生气,很难过呢?因为你觉得别人没有重视你。所以,牢记别人的名字,并正确无误地叫出来,对任何人来说,都是一种尊重和友善的表现。

1. 记住他人的姓名。姓名犹如一个人的名片,如果无论在哪里,你碰见他都能叫出他人的名字,那是语言当中最甜蜜最重要的声音。

2. 初次见面时,要仔细听别人介绍或自我介绍的陌生人的名字。除非他是让你非常讨厌的人,不然你就必须用心记下他的名字。如果一遍没听清,你可以再问一次,这时别人会高兴地向你再解说一遍的。

3. 把名字和人对上号。在你记住名字的同时,要留意对方的长相和身体的特征,不要喊错他的名字。那样更是弄巧成拙了。

42 借四壁余光
——培养助人为乐的习惯

小姑娘……

孩子,我知道你不喜欢它们,可是,它们却能带你去吃美味的冰激凌。你走路一定要小心。

成长故事

战国时期，甘茂受到排挤，想让苏秦替自己游说秦王，又怕苏秦不干，就问苏秦："先生听说过'借四壁余光'的故事吗？"

苏秦说："没听过。"

苏秦是个绝顶聪明的人，一听就知道甘茂想要自己帮助他游说秦王，心想：帮助了甘茂对自己不但无害，反而有益。但是苏秦却假装不知道，问甘茂："那你就给我讲一下这'借四壁余光'的故事吧！"甘茂讲道：从前，长江边上住着一群姑娘，她们白天乘船打鱼，晚上聚在一间屋子里做针线活儿，大家共同出灯油。

有一个姑娘家里很贫困，出不起灯油，也常和大家混在一起借光做针线活儿。其他的姑娘觉得她占了大家的便宜，不合理，就商量把她赶走。那个穷困的姑娘看出了大家的意思，决定离开她们。

这个姑娘在临走时对她们说："我因为拿不出灯油，所以常常先来把屋子打扫干净，把坐席铺好，让你们都能舒舒服服地做针线活儿。你们何必吝惜这照在四壁上的余光呢？这点余光，不用也就浪费了。你们让我借点光，对你们有什么损害呢？我觉得我对你们还是有些好处的，为什么一定要赶我走呢？"

姑娘们一商量，认为她说得对，就留下了她。

苏秦听他把故事讲完以后，就对他说："我要先帮助你在齐国受到重用，然后再去游说秦王。"后来，甘茂在苏秦的帮助下，果然受到了齐国的重用。苏秦又游说秦王说："甘茂，是位贤才，对秦国的内情、山川险阻了如指掌。如果他凭借齐国的势力，联合韩国、魏国，回过头来算计秦国，这是对秦国最大的不利！"

秦王忙问："那可怎么办呢？"

苏秦给秦王出了个主意，秦王就任命甘茂为秦国的上卿，安排他留住在齐国。

好故事伴成长培养学生好习惯的50个成长故事

成长风铃

能够帮助别人，又对自己没有什么损害的事，为什么不去做呢？善良是一种美德。小朋友如果能够在别人遇到困难的时候，伸出援手尽自己的力量帮助别人，也一定能使自己更加幸福、快乐。

1. 理解助人为乐的意义。看着别人快乐，自己也就快乐了。比如说，我们给朋友过生日，看着朋友满脸的幸福，非常快乐，我们也会很自然地跟着开心起来了；我们帮助素不相识的路人时，对方充满感激的笑容会让我们开心、自豪一整天。所以我们应该多给别人快乐，这样我们就会拥有更多的快乐。

2. 处处为他人着想，在自己的能力范围内真诚地帮助别人，让别人得到快乐，才能够在自己最需要帮助的时候得到关怀，并快乐度过每一天。

3. 要有分辨是非的能力，对于那些违反纪律和法律的事情，我们要做的可不是帮忙，而是及时地去制止它的发生。比如别人去偷东西，让你在门外把风。你帮助了他，却成了犯罪的帮凶。

学会谅解别人
——培养谅解他人的习惯

好故事伴成长培养学生好习惯的50个成长故事

成长故事

公鸡很喜欢唱歌，它一天到晚高昂着头，喔喔喔地唱个不停，并不时拍拍翅膀，在鸡群中走来走去，一副不可一世的样子。

一天，当那只大公鸡伸长脖子，准备再展歌喉的时候，一只小母鸡走过来，冷冷地对它说："大公鸡，你不觉得你的叫声很难听吗？哪像是在唱歌，简直是在哀号，难听极了！"

"什么！你说什么！你竟敢如此羞辱我，你也不找个镜子照照自己，你连歌都不会唱，整天只会咯咯叫，你有什么资格教训我？"

说完后，公鸡一拍翅膀，一抖脖子，准备冲过去教训教训那只不知天高地厚的小母鸡。

"请息怒，大公鸡。"这时，一只老母鸡走了过来，挡住了公鸡的去路。

"你没有听见它刚才在羞辱我吗？"大公鸡见老母鸡挡住了自己的去路，只好收起了翅膀，并质问这多事的老母鸡。

"大公鸡，你的歌唱得真好听，我们都是你的忠实听众。其实连小母鸡都觉得你的歌声好听，只不过昨天晚上它的妈妈被可恶的黄鼠狼抓走了，所以它的情绪很不好，遇到什么都想发火，我想你能体谅它的心情吧！"

"哦，原来是这样！你怎么不早点告诉我呢？真对不起，我不该那样对你，请原谅。"大公鸡说完，朝小母鸡深深地鞠了一躬。

成长风铃

每个人都会有心情不好的时候。很多时候，我们也会感受到自己的老师、同学或朋友对自己很挑剔。每当这个时候，我们总觉得莫名其妙，也想去质问对方，甚至滋生报复之心。其实，我们仔细想一想，对方莫名其妙的背后或许有难言的苦衷。对别人给以谅解，事后对方回报你的可能是无尽的感激。

1. 站在对方的立场上思考问题。当你的朋友对你做些莫名其妙的事情时，你不要马上生气。而应该弄清楚他当时遇到了什么麻烦，或许过几天他冷静下来时，就会向你道歉了。

2. 下结论或者发表你的看法前，先弄清楚事情的前因后果。比如你的同学和你约好了上午十点在公园门口见面，而你等到十一点他还没来，你就告诉别的同学，说他不讲信用。其实他家里发生了紧急的事情，他来不了了，往你家里打电话又没人接，无法和你联系。

3. 有一颗宽容的心。宽容是不和对方计较，而谅解是了解到对方做错事的原因后，原谅对方。当你在没有了解到对方做错事的原因以前，要做到不和对方计较，就必须有一颗宽容的心。

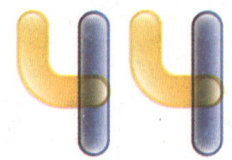

麻袋的境遇
——培养用平常心看待事物的习惯

成长故事

有一家人很穷，常常吃了上顿没下顿。下雨了房子就漏雨，而他们只能用一个破瓦盆来接水。家门口用来擦鞋的垫子也是一条脏兮兮、皱巴巴的麻袋。虽然没有破，但麻袋还是为此觉得自己卑贱又可怜！它难受极了，整天无精打采地匍匐在地上。

突然有一天，那家穷人有钱了。他们的钱把家里所有的容器都装满后还有一大堆。主人把麻袋也捡回了屋，把它洗得干干净净，装进了不计其数的金币！

从此，装满了金币的麻袋再也不用待在门口被别人踩来踩去。现在它住在一个宽敞的大铁箱子里，风吹不着，雨淋不到，苍蝇也叮不着，享受着养尊处优的生活。每当有主人的朋友来拜访，主人就会打开铁箱，指着麻袋说："瞧，我的宝贝！"那些人就会盯着麻袋，面露羡慕之色。没有朋友来时，主人每天也要花许多时间搂着麻袋，一边抚摸着麻袋，听着里面金币撞击的声音，喃喃地说："哦，我心爱的！你是我的希望！"

久而久之，麻袋变得自高自大、目中无人了，经常口出狂言，说这个不好，骂那个不是。奇怪的是，不论麻袋说什么，说得对不对，别人总是对它笑脸相迎、点头哈腰，连连称是。

这样的情况维持了一段时间，后来麻袋里的钱开始慢慢减少了，主人和自己在一起的时间也越来越少了，再也没有朋友来欣赏它，赞美它了。

直到有一天，麻袋里的金币一个也不剩了，原来主人破产了，这家人又成了穷人。麻袋又重新被丢在门口，人们在上面擦鞋或者蹭脚底下的泥。这时候，麻袋才明白自己是因为什么被主人看重的，又是因为什么自己的地位又一落千丈的。

得意的时候，就想想这条麻袋吧！

好故事伴成长培养学生好习惯的50个成长故事

成长风铃

没有什么东西是一成不变的，随着时间的推移，万事万物都在变化着，所以，当我们在前进的路上取得了一些成就时，千万不可骄傲自大，遇到了挫折困难时，也不要灰心泄气，因为这一切都会过去，无论是成功的欢笑，还是失败的泪水，都会成为过去，我们所要做的，是要把握好眼前，用平常心去看待得失，同时勉励自己不断地进步。

1. 把握眼前，今日事今日毕。每天的事情都要做完，不要期望着明天再做，因为明天还有很多事情等着自己做呢。

2. 不沉浸在过去，也不要沉溺于梦想，而要脚踏实地，着眼于现在。不断寻求挑战，激励自己。

3. 提防自己不要沉醉于已取得的成绩，已经取得的成绩只能代表过去，我们只有把它作为迎接下次挑战的出发点，才能有更大的收获。

45 永远比第一名更努力
——培养努力学习的习惯

好故事伴成长培养学生好习惯的50个成长故事

▎▎成长故事

　　全世界最伟大的篮球运动员迈克尔·乔丹在率领公牛队获得两次三连冠后，毅然决定退出篮坛，因为他已经取得了世界篮球运动史中最多的个人光荣纪录与团队纪录，堪称20世纪最伟大的篮球运动员。

　　在退休后，他说："我成功了！因为我比任何人都努力。"

　　在他已经成为最顶尖的运动员时，他仍然要求自己更努力，不断突破自己的极限与纪录。

　　在公牛队练球的时候，他练习的时间比任何人都长，据说除了睡觉时间之外，一天中他只休息两个小时，剩下的时间都用来练球。一些运动员经常在罚球的时候投不进球，大都认为是因为对手不断运用策略在他们身上犯规，可他们却没有想到：如果他们每天也像乔丹一样只休息两个小时，其余时间都站在罚球线投球，这样持续一年下来，他们罚球的能力一定会提高。

成长风铃

成功不仅需要想法，还需要行动。努力地做一切能帮你成功的事！努力寻找成功的方法！努力阅读与学习资讯！努力采取行动！要想比对手更出色，那你就要比对手更努力，甚至比任何人都努力，比第一名还要努力，这样成功才能属于你！

1. 利用一切可利用的时间学习。"时间是挤出来的"，说明只要想学习，就有时间。即使走在路上，睡觉前，都可以把刚学习的知识想一遍，哪点印象不深就是没记牢。把每个五分钟当成一个时间单位来学习，空闲时间就显得多了。

2. 用科学的方法学习。学习时，五官并用、手脑并用。有人发现，学习同一内容，如果只用眼睛，可接受20%；如果只用耳朵，可接受15%；如果眼耳并用，可接受50%。这一发现说明，学习时使用多种感觉器官共同参与，可明显提高学习效率。

3. 注意体育锻炼和体力活动。体力活动可以促进新陈代谢，消除大脑疲劳，使学习效率更高。尤其是体育锻炼，可以提高神经系统的反应能力和灵活性，有助于提高视力、听力、观察力和思维能力。不能忽视体育锻炼和体力劳动，更不要把学习同体育锻炼及体力劳动对立起来，以为锻炼身体和适当参加体力劳动是"浪费时间"，影响学习。

 拔苗助长
——培养遵循客观规律的习惯

成长故事

　　战国时期，在宋国有一个农民，在乡下种了几亩田地，他的性格很急躁，自从春耕播种以后，就天天到地里去看秧苗。有一天他去地里锄草，看到自己家的秧苗比别人的稍微矮一些。他心想：这秧苗长得太慢了，我得想办法帮它长得快一些。

　　但是怎样才能使秧苗长高呢？当时科学不发达，不用说没有化学肥料，就连施用农家肥料的方法也没有传到宋国的穷乡僻壤。为了这件事，他愁得吃不好饭，睡不好觉。终于，他想出了办法：把秧苗往上拔一拔，让它快点长高！说干就干，他下田把秧苗一棵一棵拔高，拔完一垅又一垅，累的汗流浃背，腰酸腿疼。回到家里，疲劳不堪，躺在炕上长嘘了一口气，兴奋地对刚回家的儿子说："今天可把我累坏了，我帮助秧苗长高了好几寸。"说完，脸上还带着非常自豪的表情。

　　他的儿子听到父亲这么一说，心里有点犯迷糊：怎么会让秧苗无缘无故长高呢？真是奇怪，不行，我得去看一下。

　　看到父亲已经睡着了，于是他拔腿就往田里跑，等跑到田边一看，秧苗全都枯死了。

　　1. 脚踏实地，一步一步向目标前进。"一口吃个胖子"是不可能的事情，要想吃胖，只有每顿饭都按时按量，吃得既营养又丰盛才行。如果你一顿饭就吃很多，那只会把胃吃坏，而不会吃胖的。学习也是一样，不可能过了一夜你的脑子里就装满了知识。只有每节课都专心听讲，认真及时完成作业，勤于思考，多做练习，打好了基础才能学习好。

好故事伴成长培养学生好习惯的50个成长故事

2. 量力而行。如果你想帮妈妈做家务，你不能为了让妈妈表扬你，或者为了表现自己，就马马虎虎地干很多活。衣服洗了很多，但是都不干净，地板也拖了，但看起来像个大花猫的脸。这样，即使做了很多活，把你累得腰酸腿疼，而妈妈还要重新再做一次。

3. 制订循序渐进的目标。不管在学习、体育锻炼或其他方面，在制订目标时，都要先订下最终目标，然后再制订循序渐进的一个个目标。有了循序渐进的目标，在前进的道路上才能做到心中有数，才更有动力。比如在长跑锻炼中，你可以先订下跑完1 500米的目标，只要跑完就算成功，然后再订时间，时间由长到短，每次长跑有了目标，心中就知道离自己的理想目标有多远，还需要多久的努力就会成功。

4. 家长们都有望子成龙的心理，在学习方面，如果家长向你提出更高的要求时，你自己先要想清楚自己的基础打好了没有，如果感到要求太高，或者在达到要求的过程中感到心有余而力不足时，你要向家长说明。

成长风铃

做事情应该遵循大自然的客观规律，急于求成只会像拔苗助长的农民那样弄巧成拙，得到相反的效果。所以小朋友做事情千万不要急躁，只有下足工夫、耐心坚持，才能收获成功的果实。

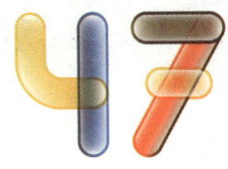

学钓小狗鱼
—— 培养有耐心的习惯

好故事伴成长培养学生好习惯的50个成长故事

📊 成长故事

美国一位成功人士讲过这样一个故事：

初秋的一天，我头一回从叔叔手里接过渔竿，跟着他去钓鱼。多年的垂钓经验使叔叔深谙何处小狗鱼最多，他特意将我安排在最有利的位置上。我模仿别人的样子，甩出钓鱼线，宛若青蛙跳动似的在水面疾速地抖动渔钩上的诱饵，眼巴巴地等候鱼儿来咬食。好一阵子什么动静也没有，我不免有些失望。

"再试试看。"叔叔鼓励我道。忽然，诱饵消失得无影无踪了。"这回好啦，"我暗忖，"总算来了一条鱼了。"我赶紧猛地一拉渔竿，岂料扯出的却是一团水草……

我一次又一次地挥动发酸的手臂，把钓线扔出去，但提出水面时却总是空空如也。我望着叔叔，脸上露出恳求的神色。

"再试一遍，"他若无其事地说，"钓鱼得有耐心才行。"突然间，好像有什么东西在拽我的钓线，一下子将它拖入了深水中。我连忙往上一拉渔竿，立刻看到一条逗人喜爱的小狗鱼在阳光下活蹦乱跳。"叔叔！"我转头欣喜若狂地喊道，"我钓到了一条！""还没有哩。"叔叔慢条斯理地说。他的话音未落，只见那条惊恐万分的小狗鱼鳞光一闪，便箭一般地射向了河心。钓线上的渔钩不见了。我功亏一篑，眼看快到手的猎物又失去了。我感到分外伤心，满脸沮丧地一屁股坐在草滩上。叔叔重新替我缚上渔钩，安上诱饵，又把渔竿塞到我手里，叫我再碰一碰运气。

"记住，小家伙，"他微笑着、意味深长地说，"在鱼儿尚未被拽上岸之前，千万别吹嘘你钓到了鱼。我曾不止一次看见人们在很多场合下都像你这样，结果干了蠢事。事情未办成之前就自吹自擂一点用处也没有。"

成长风铃

无论干什么工作,都要能静下心来,踏踏实实地去做。你需要的是耐心而不是吹嘘。而且在事情的结果没出现之前,一定要继续做下去,这样才能取得一定的成绩。所以也可以说,耐心是走向成功的第一步。

1. 做事之前先静下心来。在打算要做一件事情时,先静下心来,冷静地思考一下需要准备什么,或者简单地列一个计划。

2. 做任何事都要热心到底。老师经常会评价学生"只有三分钟热度",这就是没有耐心的表现。很多小朋友在做事时,开始都是热情十足,一遇到困难,就丧失信心,打退堂鼓。这样的态度是什么事情都做不好的。

3. 学习要有耐心。取得好成绩不是一蹴而就的,而是打好基础,一步一个脚印,踏踏实实努力学习的结果。从你成为学生起,就要在每节课上有学习45分钟的耐心。你在课后的背书或者解题时,必须静下心来,耐心地做完。

4. 帮助别人要有耐心。当你给同学讲题时,要有耐心,同学一遍听不懂,你就再讲一遍,直到讲明白为止。这样,等于你又系统地把知识温习一遍。

5. 帮助别人要帮到底,不能只帮到一半就找理由退出。那样别人不但不会感激你,还会生你的气呢。比如别人推着车到坡下推不上去了,你热心地帮他推到半坡,感到太累就撒手不管了,这时会出现什么情况呢?这样还不如不帮忙呢。

买驴子
——培养慎重择友的习惯

成长故事

有一个农民种了很多庄稼,为了方便自己耕种,提高效率,他还喂养了一些牲口。可是,以前的牲口渐渐老了,没有体力干活,还有的太懒惰,不听使唤。马上就要农忙了,他打算再买一些健壮、勤劳肯干的驴子。

他来到牲口市场,这里有各种各样的家畜等待出售。有一个牲口贩子拉住他说:"老兄,您看看我这里的驴子,个个都是庄稼地里的好手,而且都很驯服,尤其是这一头……"

他看了看牲口贩子推荐的那头驴子,觉得真的不错。他很爽快地买下了那头驴子,他把驴牵到自己的牲口群中,刚买的驴子立刻来到了一头好吃懒做的驴子旁边,看起来两个相处得很融洽。

买驴的人立刻给那头驴套上缰头,牵去退还给那个牲口贩子。

牲口贩子好奇地问道:"这可是我最好的驴子,你认为它有什么问题吗?"

农民回答说:"我将它放入牲口圈中,它立刻与最懒惰的驴子凑到了一块,看来不久就会成为好朋友,所以我断定,它以后也是一个好吃懒做的家伙。"

"你这方法可靠吗?"贩子问。

那人答道:"不必怀疑了,依我之见,选择什么样的朋友,自己也就什么样。"

好故事伴成长培养学生好习惯的50个成长故事

成长风铃

古人常说"近朱者赤，近墨者黑"，长期和一类人或物在一起，也许无形中就被同化了。所以说我们交朋友时，一定要选择那些有良好品德的，在学习、生活中能够和我们互相帮助的同学，这样才能共同进步。如果不小心选了那些懒惰、自私的朋友，不知不觉间我们也会被他们影响，也就很难成为一个优秀的人了。

1. 多交一些在品行上超过自己的朋友。在和同学们的交往中，要多接近那些有优点有长处的同学，向他们学习。当然，每个人身上都有优点，同学们要相互学习，相互促进。

2. 坚决拒绝与社会上不三不四的人交往。有些学生不好好学习，家长也管不了，初中上完就辍学了。他们不愿学习，又不到工作的年龄，在社会上很快沾染某些恶习，然后由于金钱或做坏事的需要，他们就会对比自己小的小学生们下手。这些社会上的人，开始都是以交朋友的方式接近小学生们，然后将学生们教坏，和他们一起一步一步走进犯罪的深渊。为了避免这种恶果的产生，他们对你的任何好意，你都要拒绝，使他们无机可乘。

四个过桥人
——培养沉着应对困难的习惯

好故事伴成长培养学生好习惯的50个成长故事

成长故事

有一处地势险恶的峡谷,涧底奔腾着湍急的水流,而所谓的桥则是几根横亘在悬崖峭壁间光秃秃的铁索。

一行四人来到桥头,一个盲人、一个聋子以及两个耳聪目明的正常人。四个人一个接一个抓住铁索,凌空行进。

结果呢?盲人、聋子过了桥,一个耳聪目明的人也过了桥,另一个则跌下深渊丧了命。

难道耳聪目明的人还不如盲人、聋人吗?

是的!他的弱点恰恰源于耳聪目明。

盲人说:"我眼睛看不见,不知山高桥险,所以我心平气和地攀索。"

聋人说:"我耳朵听不见,不闻脚下咆哮怒吼,恐惧相对减少很多。"

那个过了桥的耳聪目明的人则说:"我过我的桥,险峰与我何干?激流与我何干?只管注意落脚稳固就够了。"

成长风铃

拥有一个平常的、从容的心态是取得成功的关键。无论周围的环境有多么险恶,千万不要被吓倒,要沉着地去分析,要积极地去探索,然后一步一个脚印,踏踏实实地走,不必害怕,无须退缩,一直坚定地走下去,相信我们一定能够走过困难,走向成功,走向辉煌。

1. 树立不屈不挠、勇敢顽强的意识。在生活中不能遇到一些小困难就请求他人帮助,而应该鼓励自己想办法解决。分析困难到底难在哪里,找出解决困难的办法。要知道,在困难挫折面前唉声叹气并不会降低难度、减少失败,灰心丧气只会增加自己的痛苦。要鼓励自己树立信心,不灰心丧气,勇敢面对困难。

2. 确立合适的奋斗目标。生活中有梦想、幻想和理想。梦想如果不切合实际,不建立在客观条件和自己潜力的基础上,就会变成幻想和空想,是不可能实现的,必然会遇到挫折的无情打击。要在分析各种情况的基础上树立自己的理想。"知己知彼,百战不殆",知己就是正确认识自己,了解自己的兴趣、能力、特长、性格。知彼就是认识环境,了解社会。

3. 在尝试中体验进步与成功的快乐。认真地去实现人生中一个个"第一次",在"我能行"的体验中挺起胸,昂着头长大。成功的体验比失败的体验更重要。从小在心灵里播下自信的种子,它会成为我们一生事业成功的基石。

50 一支箭和一捆箭
——培养团结合作的习惯

成长故事

一位老人不久将离开人世，他把3个儿子叫到病榻前说："亲爱的孩子，你们试试能否把这捆箭折断，我会给你们讲讲它们捆在一起的原因是什么。"

长子拿起这捆箭，使出了吃奶的力气也没折断，"把它交给力气大的人才行。"说着，他把箭交给了老二。二儿子接着使劲折，也是白费力气。小儿子过来试试也只是徒劳，一捆箭一根也没折断，还是老样子。

"没有力气的人，"父亲说，"你们瞧瞧，看看你们父亲的力气如何？"3个儿子以为父亲在说笑，都笑而不答，但他们没想到，老人拆开这捆箭，毫不费劲地一一折断。

"你们看，"老人说，"这就是团结的力量。孩子们，你们要团结，用手足情意把你们拧成一股绳。这样，任何人、任何困难都打不垮你们。"这是他在患病期间说话说得最多的一次。

说完后，老人感到自己就要撒手归西了，又对孩子们说："孩子们，记住我的话，你们要始终团结，在临终前我要得到你们的誓言。"3个儿子一个个都哭成了泪人，他们向父亲保证会照他的话去做。父亲满意地闭上了双眼。

好故事伴成长培养学生好习惯的50个成长故事

成长风铃

只要团结一致，就能拥有无穷力量，就没有克服不了的困难。就像那捆箭一样：只有一根就很容易折断，哪怕是一个生病的老人；但是把很多根放在一起，就很难折断了。老人想说得也正是这个道理，只有家庭和睦才能万事兴旺。

1. 学会欣赏和接受别人。合作就是学习别人的优点，弥补自己的缺点。只有相互认识到对方的长处，欣赏对方的长处，合作才会有真正的动力和基础。我们要认识到任何人都有他的长处。带着这种想法去发现别人的长处，真诚地欣赏他的长处。

2. 凡事要想到别人。我们要培养慷慨大方的气度，经常想到别人。如果自私自利，凡事都只想到自己，就会遇事斤斤计较，也就难于与别人友好相处，又怎么谈得上与别人合作呢？我们要学会互惠与信任，与朋友分享不是被剥夺，而是平添更多、更新、更好的乐趣和机会。

3. 多参加合作活动。积木、拼板等游戏，足球、篮球、跳皮筋、跳绳等活动，既有两团体之间的对抗与竞争，更有团队内部的协调一致，这些都非常有利于培养我们的团队精神与竞争能力。

4. 学会合作的规则与技巧。我们在与别人合作中既要尊重对方，服从大局，讲统一，又要有自己的立场。容忍和随和是有尺度的，也就是说在合作过程中，不能只想着自己，要充分顾及他人的要求与需要。

智慧少年

智慧少年